俺様人魚姫

YOU
HIZAKI
火崎 勇

CHOCOLAT
BUNKO

ILLUSTRATION れの子

C O N T E N T S

本作の内容はすべてフィクションです。
実在の人物、事件、団体などにはいっさい関係がありません。

海の底の人魚の国には、立派な王がお住まいで、王には美しいお姫様達がおりました。

人魚は人に姿を見られてはならず、彼女達は静かに海の底で暮らしていました。

けれど末の姫様は誕生日を迎え、初めて許された海の上に出ると、一隻《せき》の船を見つけます。

その船には人間の王子が乗っており、人魚の姫は王子に心を奪われてしまいます。

しかし何ということか、突然の嵐に王子の乗った船は難破し、王子は海に投げ出されてしまいました。

人魚の姫は王子を救い出し、岸まで彼を運びます。

けれど彼が意識を取り戻す前に人が来て、姫様は海に逃げ帰らねばなりませんでした。

海の底に戻ったお姫様は、王子のことが忘れられません。

あの方のおそばに行きたい。

そのことばかりを考えてしまいます。

そしてある日、終《つい》に姫様は海の魔女のところへ行って、どうか私を人間にしてくださいと頼み込みました。

魔女は、人の脚をあげる代わりに、姫様の美しい声を寄越《よこ》せと言います。

姫様は悩むことなく、その取引を受けました。

たとえ声を失ってでも、あの方のそばへ行きたかったのです。

姫様は岸まで泳ぐと、砂浜で魔女の薬を飲みました。

そして人魚の姫様は美しい人間の娘になったのです。

そこへあの王子が通りかかり、姫様を見つけると、その美しさに魅了されます。

王子は姫様を城へ連れて帰り、大切に扱いました。

あなたは私を助けてくれた娘によく似ている。

海で嵐に遭い、海岸に流れ着いた時、通りかかった修道院の娘が私を助けてくれたのだ。

だがその娘は貴《とうと》い神に仕える身、もう会うことはないだろう。神様はきっと彼女の代わりにお前を遣《つか》わしてくれたのだね。

姫様は、本当に助けたのは私ですと告げたかったのですが、声が出ません。

ただ黙って王子を見つめるだけです。

人魚であった姫に、二本の脚で歩くことは辛《つら》いことでした。一歩踏み出すごとに痛みも走ります。

王子がそばにいてくれるならばと、ずっと耐えておりました。

しかし、王子も年頃。

王様とお后《きさき》様は王子に結婚を勧めます。

王子はどこの誰ともわからぬ姫を迎えるくらいならば、お前を妻にしようと言ってくださったのに、王様達が連れてきた姫を見るとお心が変わりました。

その姫は、王子を浜辺で介抱してくれた、あの娘だったのです。

貰い修道院で、立派な教育を受けていたのです。

運命の女性だ。

王子は彼女を妻にすると、姫様に伝えます。

姫様の心は張り裂けそうでした。

しかも、姫様は海の魔女に言われていたのです。

王子がもしも他の女性と結婚したら、お前は海の泡《あわ》となって消えてしまうよ、と。

姫様が悩み苦しんでいる間にも、王子の結婚式の準備は進みます。

悲しみにくれた姫様が海を見つめていると、波間からお姉様達が姿を見せました。

あなたの魔法を解く方法を海の魔女から聞いたわ。このナイフで王子の胸を刺しなさい。

そうすればあなたは元の人魚に戻れるわ。

そう言ってナイフを差し出したお姉様達の長く美しかった髪は、皆短く切られていました。

ナイフを受け取る代わりに、海の魔女に差し出してしまったのです。

姫様はそのナイフを手に、王子の寝室へ行きました。

しかし、安らかに眠る愛しい人の心臓にナイフを突き立てることなどできません。

姫様はナイフを海へ投げ捨て、ご自分も海へと身を投げました。

そうして、可哀想な人魚の姫は海の泡となって消えてしまったのです。


「この話、大キライ」

クレイブさんは読んでいた絵本を閉じると、ポンとデスクの上へ投げ捨てた。

横柄《おうへい》な態度が許されるのは、彼がこの会社の社長だからだ。

クレイブ・夏川《なつかわ》。

金色の髪は染めたわけではなく、青みがかった黒い瞳もカラーコンタクトなどではなく、彫りの深い洋風な整った顔立ちだって天然ものだ。

クレイブさんは、その名の示す通り、ハーフなのだ。

どこの国とのハーフだかは知らないが、父親は日本人だとは聞いたことがある。

とにかく、この会社で一番偉くて、一番ハンサムな人だから、彼に文句を付けられる人は誰もいなかった。

「『人魚姫』ですか」

投げ出した本を覗き込み、声をかけた土佐《とさ》さんも、いつも本は大切にと言う人なのに、彼には何も言わない。

「ウソ臭くて全然面白くないし、突っ込みどころ満載じゃないか。言葉が喋《しゃべ》れないなら、手紙を書けばいい。王子だって、一度は妻にすると言ったなら考えろ。姫も結婚して欲しくないなら、夜這《よば》いでも何でもすればいいんだ」

「いや、童話ですから」

「それに、『好き』の一言も言えずに投身自殺ってのもいただけない。何で人魚姫だけが死ななきゃならないんだ」

「原作では、光の乙女とかいうのになるんですよ。確か、泡になって、天に昇って、三百年経ったら神様のところへ行けるとか」

「ハッ！」

とりなした土佐さんの言葉を、クレイブさんは一蹴《いっしゅう》した。

「何が光の乙女だ。所詮《しょせん》死んだことに変わりないじゃねぇか」

「はい、はい。とにかく嫌いなんですね」

「俺は好きなのに……」

　誰にも聞こえないように、ポツリと呟《つぶや》いたのに、クレイブさんはジロッとこちらを睨《にら》んだ。

　聞こえちゃったのか。

「残念だったな。花澤《はなざわ》。こいつは装丁じゃなくリメイクの仕事だ。それとも、絵本やってみるか？」

「いえ……。個人の趣味で……」

　彼の青みがかった黒い瞳に見つめられると、何も言えなくなってしまう。

「まあまあ。これは手塚《てづか》の仕事って決まってますから」

　土佐さんがとりなしてくれて、立ち上がってデスクの上にあった本を取った。

「手塚、そんなわけで、リメイクだ。今風の萌《も》えキャラにして欲しいそうだ」

　そして手塚さんに渡す。

　手塚さんは、本を受け取るとパラパラと捲《めく》った。

「結末、このままでいいんですか？　アメリカ資本主義に則って『最後は王子様と幸せに暮らしましたとさ』にしますか？」

　眼鏡をクイッと上げてクレイブさんを見た。

「本文は変えるなとのお達しだ。あー、つまんねぇ。俺はコーヒー飲んでくる」

そう言うと、フロアの真ん中を突っ切って、クレイブさんはオフィスから出て行った。

土佐さんは、やれやれという顔で見送り、手塚さんはフィギュアなどでゴチャゴチャになったデスクから、仕事の仕様書を探し始める。

俺はほうっと息をついて、肩の力を抜いた。

クレイブさんに睨まれると、いつも緊張して肩に力が入ってしまう。

にっこり笑っていれば、それこそ金髪の王子様なのに、どうしてあの人はいつもああ乱暴なのだろう。

容姿が美しいだけに、迫力があるとわかっているのだろうか?

ここ、デザイン事務所『マーレ』は従業員十二人、うちデザイナー六人という、デザイン事務所としては大きな会社だ。……と、思う。

もちろん、社長であるクレイブさんが立ち上げたものだ。

彼が、自分の気に入った若手を引っ張ってきて作ったのだ。

ここしか勤めたことがないから、他の事務所がどんな風に稼働《かどう》しているのか知らないが、
ここでは六人の様々なデザイナーが、多種多様なニーズに応える。

手塚さんは萌え絵の専門だし、土佐さんは立体造形。石蕗《つわぶき》さんは水彩で、他にもイラス

トやキャラクターロゴなとを手掛ける人々がいる。

俺の仕事もイラストだ。

人と喋ることが苦手で、絵を描いてることが好きだった子供時代からすれば、好きな絵で食べていける今の職業は、夢がかなったと言ってもいいだろう。

クレイブさんはちょっとおっかないけど、会社の雰囲気《ふんいき》はとてもいい。

一番年長の土佐さんは、お兄さんのように優しいし。

その土佐さんが、俺のコーヒーのカップを差し出してくれた。

「ほら、花澤」

「あ、ありがとうございます。すいません、先輩に……」

「自分のを淹《い》れるついでだから気にするな」

「ありがとうございます」

もう一度礼を言ってカップを受け取る。

土佐さんは俺のデスクによりかかるようにして話し始めた。

「お前は、社長に睨まれると、すぐに下を向くな。あの人のあれは悪気《わるぎ》があるわけじゃないんだから、気にしなければいいのに」

「はぁ……。でもあの目が……」

「目？」

「凄《すご》く特別な色でしょう？」

「嫌いなのか」

「いえ、そうじゃなくて……。不思議な、宝石みたいな色だから、見つめられるとぎゅっとなっちゃうんです」

「『ぎゅっ』とか」

土佐さんは笑った。

「まあハーフだからな。仕方ないさ」

悪く言ったわけではない。

あの目の色はとても好きだ。

光が当たると、より青みが強くなって、キラキラするのが、宝石みたいだと思う。

ただ、神々しいものを目の前にすると、身が竦むように、整い過ぎた彼の前では萎縮《いしゅく》してしまうだけなのだ。

けれどどうやら伝わらなかったようだ。

「花澤は人魚姫、好きなのか？」

「あ、はい」

「女の子向けの童話なのに、珍しいな。お前も、アメリカ資本主義で楽しんだ方か?」

「いいえ。あの……、俺、実はカナヅチなんです」

「カナヅチ?」

「はい。子供の頃、海で溺《おぼ》れたことがあって。それ以来怖くて海に入れないんです」

今でも時々夢に見る。

もがいても、もがいても、海面に出られなくて、息が苦しくなって……。

あの時のぎゅっとした感じと、クレイブさんに見つめられた時のぎゅっとした感じは、ちょっと似てるかも。

「海はダメでもプールは?」

「あんまり……」

「風呂は?」

「お風呂は入れます」

「トラウマですね。外的心障害」

手塚さんが向こうの方から口を挟んだ。

「心的外傷だろ?」

土佐さんが返すと、彼はまた眼鏡を押し上げてデスクの上のものを引っ繰り返した。

「同じような状況に遭遇すると、悪い過去を思い出すってことでしょう？　病んでるってことです」

「お前、それは失礼な……！」

語気を荒らげた土佐さんのシャツの裾を引っ張って、止める。

「あれ、萌え用語みたいなものです。深い意味はないんです」

「……お前が気にしないんならいいが」

「話、逸れちゃいましたけど、俺、泳げないから人魚に憧れるのかも」

「ん？　ああ、人魚姫が好きって話な」

「はい。人魚だったら絶対に溺れないでしょう？」

俺の言葉に土佐さんはまた笑顔を戻した。

「溺れるのが怖いなら、いっそスキューバダイビングをやったらいいかもしれないぞ。あれなら背中に酸素ボンベを担《かつ》いでるから、溺れなくてすむ」

「そうですね……」

頷くと、納得したように彼は俺の頭を撫でた。

俺の身体が小柄で童顔なせいもあって、土佐さんは俺を子供のように扱う。

彼は九州から出てきたそうだが、実家には歳の離れた弟さんがいらして、俺を見ていると思い出すのだそうだ。

自分には兄弟はいないが、きっとお兄さんってこんな感じなのだろう。

「さて、俺もそろそろ出掛けるか」

「今日は外ですか？」

「フードショーの屋台組だ。現場だよ」

「頑張ってください」

「土佐さん、何か食べ物のお土産《みやげ》があったら、ヨロシク」

遠くから事務の人が声をかけると、彼は「おお」と手を挙げて応え、そのままオフィスを出て行った。

快活な土佐さんがいなくなると、オフィスは急に静かになる。

自分も含めて、皆、一人で黙々とデスクに向かうのが仕事だから。

土佐さんには言わなかったが、俺が人魚姫の物語を好きなのには、もう一つ理由があった。

それは、人魚姫が口がきけないことだ。

人に伝えたいことがあるのに伝えられない。

それは正に俺だった。

もちろん、俺は声を失ってなどいない。

けれど、人と面と向かって話すことは、子供の頃から苦手だった。

小さい頃は、赤面症なのじゃないかと親が心配するくらい、人と向き合うと顔を真っ赤にして口籠《くちご》もってしまった。

長じて少しは慣れてきたが、今でも初対面の人と二人きりになるのは苦手だ。

社内でも、積極的に話しかけてくれる土佐さん以外とはあまり会話もない。

だめな性格だというのは、自分でもわかっていた。

けれど、生来《せいらい》のものだから、どうにもならない。

俺は手元のメモに、小さく人魚姫の絵を描いてみた。

姉妹がたくさんいて、確か原作では歌も踊りも上手《うま》くて美人だったという人魚姫。

その全てを捨ててまで愛した王子に、『好き』と言えないのはどんな気持ちだったのだろう。

自分の考えてることを相手に伝えられないというのは、とても辛いことだ。

そして誤解も生む。

さっき、俺はクレイブさんの目が綺麗《きれい》だと言いたかった。

どちらかというと好きだと。

でもきっと、土佐さんはただ俺が普通と違う彼の目を苦手に思っていると受け取っただろう。

ちゃんと伝わらないことに慣れてしまったから、最後まで伝えようという努力もしなくなった。

このまま流されてゆくなら、それでもいいや、と。

ちょっと違うかもしれないけれど、自分が人魚姫になった気分。

人間の中で、たった一人の人魚。

快活で才能に溢れた人々の中で、自信もなく、ネガティヴな自分。

言葉を操《あやつ》ることができず、言いたいことも言えず、伝えたいことを伝えられないところはそっくり一緒。

歩くたびに刃の上を歩いているような痛みを感じる足は、仕事をするたびに自分の力の無さを痛感する心。

王子が人魚姫に優しかったのは、愛しい人間の娘の身代わり。

土佐さんが優しいのは、身代わり……。

「でも俺は別に土佐さんに恋してるわけじゃないから、いいんだ」

違うところもいっぱいある。

美人でもないし、心配してくれる兄弟もいないし。

でも、何となく、似てると思ってしまうのは、自分を悲劇の主人公にして、この性格をいいように考えたいからかもしれない。

それもまた、情けないことだけど。

「シケた面をするな、運気が逃げる」

突然頭を押さえ付けられ、俺はあやうくパソコンのモニターに顔をぶつけそうになってしまった。

「社長、危ないです」

手に、下のカフェの紙コップを持ったクレイブさんだ。

コーヒーなら、そこに本人が買った最新のカフェマシンがあるのに。

「社長と呼ぶなと言っただろう」

「……クレイブさん」

「これまずかったからお前にやる」

クレイブさんはキーボードの上にチョコレートラスクの袋を置いた。

これもカフェのだが、袋の口が開いている。

「お前、甘いもんなら何でもいいいんだろ？」

彼はいつも、そう言って自分が食べられなかった菓子を俺に寄越すのだ。

「何でもというわけじゃ……」

そりゃ甘いものは好きだけれど。

「覇気《はき》のない顔してると、会社の運気が下がる。もっとシャキっとしろ」

「……はい、すみません」

「一々謝るな、辛気《しんき》臭い」

「すみません」

またあの目で睨まれる。

「もういい。ぐじぐじと謝罪の言葉しか口にしないのなら、菓子で塞《ふさ》いでおけ」

「はい」

怒られた……。

俺は彼が嫌いじゃないのに、一緒にいると怒らせてばかりだ。

彼はキッパリとした人だから、こういうグジグジした性格の人間が嫌いなのだろう。

でも、俺はこの会社を辞めるつもりはなかった。

それは、人見知りの自分がせっかく馴染んだ会社だからとか、やりたいデザインの仕事ができるからというだけではない。

本人はきっと忘れているだろうけれど、クレイブさんが、俺のなけなしのプライドを引っ張り出してくれたからだ。

「あ、美味《おい》しい」

言われた通り口に放り込んだチョコラスクは、とても美味しかった。

少し苦味があって、甘くて、綺麗なのにキツイ彼のように……。

小さな頃は病弱で、あまり外に出ることはなかった。

それではいけないと、父親がよく連れ出してくれていたが、すぐに疲れて熱を出す。俺はそんな子供だった。

小学生の時、家族と行った海で溺れて死にそうになってから、両親は俺を無理に外へ連れ出すことはせず、自分も外に出ることにもっと臆病《おくびょう》になった。

子供の頃、コミュニケーション能力を養えなかった者は、大人になっても上手く人と付き合えない場合があるというが、本当だ。

中学でも、高校でも、俺には友人らしい友人はいなかった。

決していじめられていたわけではないけれど、親密な関係になった友人はいなかった。
みんなが悪いんじゃない。
悪いのは自分だ。
人と、何を話していいのかわからなかったのだ。
ゲームにもアイドルにも興味はなく、ただ絵を描くことしかしなかったから。
絵を描くことは、好きだった。
熱を出して寝込んでも、布団の中で絵を描いていた。
共働きの両親がいなくても、絵を描いていれば、怖くなかった。
そこに見えるものを、紙に写し取る。
頭の中に思い描いたものを、形にする。
こんなに楽しいことがあるだろうか？
言葉にできないことも、絵から読み取ってもらうことができた。
「ああ、お花が綺麗だって描きたかったのね」
「お魚が好きなのね」
「気持ちよさそうな猫ねぇ」
説明はいらない。

画像は何よりも雄弁だ。

人と目を合わせるのが嫌で伸ばした前髪。

でも絵を描くために俯いていれば、誰とも目を合わせなくて済む。

のめり込むように絵を描くことに熱中し、高校を卒業した後は専門学校に入った。

このままずっと、ずっと絵を描いていられればいいなぁと思っていたのだが……。

専門学校の卒業の日が近づいて来ると、現実が俺を捕まえた。

「花澤くんは、就職決まった？」

その一言で。

就職。

人は、生きていくためには働かなくてはならない。

今日まで自分が好きに絵を描けていたのは、両親が働いたお金で食べさせてもらっていたからだ。

自分が子供だったからだ。

だが、学校を卒業したら自分の食いぶちは自分で稼がなくてはならない。

両親もそれを信じていて、俺が卒業したら、二人で念願だった田舎暮らしを始めるのだと言っていた。

でも、果たして俺に働けるだろうか？

絵を描くことを仕事にしたいとは思う。

でも、そのためには持ち込みやら売り込みやらをしなくてはならない。

他者より自分の絵の方が優れているとアピールしなければならない。

描きたくないものを描かされることもあるかもしれない。

普通の会社に勤めるのはもっと難しい。

他人と話をすることもできず、すぐに口籠もるような人間を誰が雇ってくれるだろう。

鬱々《うつうつ》とした気持ちで日々を過ごしている中、やっぱり自分にできるのは絵に逃げることだけだった。

夏を過ぎて、そろそろ夜は上着が必要になる頃、次々と就職を決める友人達の中で、俺は未《いま》だ何も決まっていなかった。

面接はいくつか受けた。

だが面接官の質問にへどもどしている間に『はい次の方』と言われてしまった。

イラストの投稿もしてみた。けれど、絵を見てもらうために相手の望むものを描くのは、自分の描きたいものとは違う。自分でも不出来だと思う作品は、一次選考は通っても二次に進むことは少なかった。

どうしよう。

どうすればいいのだろう。

今まで好きに絵を描かせてくれて、学費を出してくれて、一人住まいもさせてくれている両親に、何と言えばいいのだろう。

そんなことを考えながら向かった夜の公園。

小学校の近くにあるそこは、昼間は子供達で溢《あふ》れているが、夜にはほとんど人がいない。

子供達の遊び場の他に遊歩道があり、ベンチもあるので、一人で過ごすには最適な場所だった。

就職活動のことを忘れ、いつものように無心に絵を描こうと思って定位置のベンチに向かうと、そこに一人の男性が横たわっていた。

変な人かな。

髪の色は金色だし、不良だったらきっとからまれる。

このまま見なかったことにして立ち去ろう。

でも……。

周囲には誰もいないし、お酒の匂《にお》いもしない。

もしも具合が悪くて横になっているのだとしたら……。

何か言われたら、走って逃げよう。

病気の人を放っておくぐらいだったら、勘違いで怒られる方がいい。

そう思って、そっと彼に近づいた。

「あの……、具合が悪いんですか？」

近づいても、やっぱりお酒の匂いはしない。

「もしもし、こんなところで寝てると、風邪《かぜ》を引きますよ」

そっとその身体に触れようとした途端、横たわっていた男の人にガッと腕を掴まれた。

「ヒッ！」

驚いて逃げようとしたけれど、腕は強く掴まれていて、逃げることができなかった。

いや、それだけじゃない。

目を開けた彼の瞳が、一瞬青く光ったように見えたのだ。

それは街灯の光が反射しただけだったのだが、続けてその顔立ちにも驚いて、動くことができなくなったのだ。

はっきり言って、美しかった。

金色のさらさらの髪、白い肌。一瞬青く光った黒い瞳、通った鼻筋に、形のいい薄い唇とほっそりとした顎《あご》。白っぽい細身のスーツがよく似合ってる。

成人男性なのに、ゴツゴツした感じがなくて、まるで王子様のようだと思った。

「人が気持ちよく寝てたのに、何起こしてんだよ」

よく通る、艶《つや》のある声。

ただ、喋った言葉はそんな外見とは全くそぐわない乱暴なものだった。

「あ……、あの……、すみません。具合が悪いのかと思って……」

「ああ?」

語尾を上げ、睨まれる。

その目に胸のところがぎゅっとなった。

怖い。

「あの……、お邪魔《じゃま》してごめんなさい。もう行きます……。手を離してくだされば、すぐに行きますから」

身体を引きながら、怖々《こわごわ》謝罪したが、手は離してもらえなかった。

夜の公園。

辺りに助けてくれそうな人などいない。

どうしよう。

「それ、何だ」

「え？」

彼の視線が、俺の顔から逸《そ》れる。

「手に持ってるもんだ」

「あ……、スケッチブックです」

「見せろ」

「でも……」

「見せろ」

強く言われ、おずおずとスケッチブックを差し出す。

彼はスケッチブックを受け取ると、手を離してくれた。

でも、逃げるわけにはいかなくなってしまった。大切なスケッチブックが人質《ひとじち》に取られてしまったのだから。

「おい」

「はい」

「コーヒー買ってこい」

「え？」

「二本、温かいのだ」

「め……、銘柄は……」

「何でもいい。お前の好きなので。すぐ戻って来いよ。戻って来ないとこいつを破り捨てるぞ」

「すぐ戻って来ます！」

とは言うものの、まだ自動販売機は『温かい』に切り替わってはおらず、一番近くのコンビニまで走った。

やっぱり不良なんだ。

これがカツアゲなんだ。

缶コーヒー二本で済むうちに逃げないと。

戻ったら、すぐにスケッチブックを返してもらって、そのままアパートへ戻ろう。

「か……、買ってきました……」

息を切らせて戻ると、彼は俺のスケッチブックをじっと見ていた。

「あの……、コーヒー」

「座れ」

「あ、はい」

「一本寄越《よこ》せ、もう一本はお前のだ。ほら、代金」

男は千円札を差し出した。

「多いです」

「釣りは駄賃《だちん》だ」

「でも……」

「小銭は嫌いなんだよ」

と言われても、ここでもらったら次に何をさせられるか。

俺はレシートを見ながらお釣りを計算した。

「これ、お前が描いたのか？」

「はい」

「いいな」

「……え？」

「凄くいい。柔らかくて優しくて。ここの緑の光の入れ方は独特だな」

彼が示したのは、俺も気に入ってる森の絵だった。

「そ……、それ、反射なんです。光が射してるのはこっちからで、ここの葉のところだけに光が当たってて」

「写生か？　それとも、想像か？」

「想像です。テレビで、屋久島見て、ああいうところを描いてみたいなと思って……」

「これ、コケだろ？」

「はい」

「こっちの絵は？」

俺がいない間に中をじっくり見たのか、彼は他のページを捲《めく》った。

見せられたのは、藍《あい》色の闇の中心に光を描いたものだ。

「ここの街灯です」

「街灯？」

「ちょっと抽象的ですけど……。星より明るくて、家の明かりより暗くて、街灯って綺麗だなあと思ったので」

言ってから、しまったと思った。

以前、友人にその話をしたら笑われてしまったのだ。

けれど彼は笑わなかった。

「なるほどな。だが、この背景は夜を表してるんだろう？　だったら、もっと色合いを複雑にした方がいい」

「……笑わないんですか？」

「笑う？　どうして。おかしくもないのに笑えるか」

「へ……変なこと言ってるとか」

「ハア？　何が変なんだ。いいこと言ったじゃないか」

嬉しい……。

「こんな時間にスケッチブック持ってうろうろしてたのは、絵を描くためか。今日は何を描くために来たんだ？」

「あの……、月を……」

「月？」

「今日は雲が出てるので、雲と月を描こうかと。公園の中なら、電線とかがないので」

「なるほど」

彼は暗い空を見て、頷いた。

「いい空だ」

同意を示され、胸が温かくなる。

絵を褒《ほ》められたから、急にこの人に対する怖さが消えた。

悪い人じゃないんじゃないのかな、と。

それに、コーヒーも奢《おご》ってくれたし。

「お前、名前は？」

「花澤です。花澤輝《あきら》」

素直に名前を教えてしまったのは、そのせいだ。

「俺はクレイブだ。クレイブ・夏川《なつかわ》」

「クレイブさん……、ひょっとして外国の方なんですか？」

「お前はこの金髪が目に入らないのか」

「いえあの……、染めてる方もいらっしゃるので」

「染めてない。地毛だ」

夏川、ということはハーフなのかな？

だから、さっき目が青く光ったように見えたのかも。

「花澤は学生か？」

「はい」

「絵は趣味か？」

「いえ。……あ、いや……。えっと……」

「どっちなんだ、はっきりしろ」

強く言われて、ビクッと身体を引く。

「あの……、専門学校で、デザインとかやってます。でもまだ学生なので、仕事とは言えませんし、趣味というわけでもないです」

「つまり、まだ仕事に繋がってはいないが、趣味程度の軽い気持ちでやってるわけじゃないってことだな？」

「はい」

「まだ入ったばっかりか？」

「何が……、でしょうか？」

「学校だよ。入学したばかりか、と訊《き》いたんだ」

また怒られた。

「いえもう卒業します」

「就職先は決まってるのか？」

「……いいえ」

答えると、彼はスケッチブックを閉じ、スーツのポケットから名刺入れを取り出した。

「お前を雇ってやる。ここへ来い」

「は……？」

「お前の絵の腕を見込んで、雇ってやると言ってるんだ」

俺は受け取った名刺を見た。

デザインスタジオ、『マーレ』代表取締役クレイブ・夏川とある。

デザインスタジオ……。代表取締役って、平たく言うと社長ってことだよな？　それにこの人、さっき自分をクレイブ・夏川って……。

「え？　ええ……っ！」

「何驚いてる」

「あ、あなた、社長さんなんですか？」

「社長と呼ぶな。その呼び方は嫌いだ。クレイブ、でいい」

「でもクレイブさん。俺なんかを雇うって……。俺、今まで、ずっと落ちてて……。投稿もダメでしたし、人と話すのも苦手で……」

降って湧いた話に、軽くパニックになりながら言うと、彼は鼻先で笑った。

「お前は自分に自信がないわけだ。だが安心しろ、俺は自分に自信がある。自信のある俺がいいと思った絵だ、間違いはない」

「でも……」

「人と話をするのが苦手だと言ったが、初対面の俺とはこうして話をしてるじゃないか。それに、デザイナーとして雇うなら、人と話をする必要はない。うちはちゃんと営業がいるからな」

「でも……」

またあの目が俺をジロリと睨む。

「お前は『でも』しか言わないのか。とにかく一度うちの会社へ来い。そこでちゃんと面接してやる。取り敢えず、このスケッチブックは預かっておく」

「でも……！」

「返して欲しくば、事務所へ来い。いいな、絶対に来るんだぞ。そうだな……、善は急げだ、明日の午後一時だ。一時に来い」

言いたいだけ言うと、彼はすっくと立ち上がった。

俺のスケッチブックを抱えて。

「あ、俺の……」

「来たら返してやる。待ってるからな」

もう一度繰り返し、彼はそのまま去って行った。

仕事……。

デザイン事務所の仕事？

俺が？

もう絵で食べて行くのは無理なんだろうと思っていた。

それどころか、就職すら危ういと思っていたのに。

いや、まだわからない。からかわれただけかもしれない。あんなに若い人が社長だなんておかしいだろう。

暗い公園のベンチの上で一人、ぬるくなった缶コーヒーを握りしめながら、俺は混乱していた。

こんなことが本当にあるんだろうか、と。

「夢みたいだ……」

彼が立ち去った方向を見つめながら……。


もちろん、その出会いは夢などではなかった。

翌日名刺に記載されていた住所へ向かうと、そこにあったのは一階がカフェになっているガラス張りの立派な建物、つまりここだった。

看板もちゃんと出ていたし、受付で名前を言うと、すぐに応接室へ通された。

彼の言ってることが本当だったとしても、事務所なんて雑居ビルの一室だと思っていたのに。

応対に出たのは、もちろんクレイブさんだった。

日の光の中で見てもかっこいい人は、去年この事務所を立ち上げたばかりで、デザイナーを探していたと言い、俺の絵を気に入ったのだと言ってくれた。

こんなちゃんとした事務所の社長が、俺の絵を認めてくれた。

自分の絵は誰にも認められないのだと、失いかけていた自信を、彼が与えてくれた。

「何もできないなら覚えればいい。最初からできる人間などいない。自分が信じられないなら俺を信じろ。お前はここで働ける人間だ」

そんな言葉で。

学校を卒業する前から、ここでアルバイトを始め、卒業すると共にデザイナーとして就職。

最初はクレイブさんの言う通り、何もできなかったけれど、クレイブさんや土佐さんや、みんなのお陰で少しずつ仕事にも慣れてきた。

会社の人達も、事務の人は優しいし、デザイナーは癖のある人も多いけれど、それだけに無理に他人に合わせなくてもよかった。

両親からの仕送りを断り、二人を田舎へ送りだし、学生時代に住んでいたアパートを引き払って、会社に近い場所にも引っ越した。

この事務所の三階に住んでるクレイブさんが、どうしてあの夜、あの公園にいたのかわからないけれど、勇気を出して彼に声をかけなければ、今の生活はなかっただろう。

やっぱり人には優しくはしておくものだ。

とはいうものの、何もかもが上手くいっているというわけでもない。

「……一人で行くんですか？」

事務の松島《まつしま》さんを前に、俺は背中に嫌な汗を流した。

「ごめん。本当に悪いと思うんだけど、市ケ谷《いちがや》さんのバッグの見本が出来上がらなくて、どうしてもそっちに行かなくちゃならなくて」

市ケ谷さんとは、グッズデザインを手掛けている女性デザイナーだ。

彼女が某有名ブランドのアニバーサリーイベントで配るバッグのデザインを手掛けているのは俺も知っていた。

なかなかデザインのＯＫが貰《もら》えず、製作に回るのが遅くなったとボヤいているのも聞いていた。

「でも、でも、俺が一人でコンペなんて無理です」

「いや、コンペと言っても、もう仕事自体は受けてるんたよ。言うなれば競作？　だから説明聞いて帰って来るだけだから」

「でも……」

「どうしても辛《つら》かったら、他の仕事があるんで、後で詳細を送ってくれって言ってかまわないから」

そんなこと、できるわけがない。

それが言えるなら、説明会に行きたくないなんて思わないだろう。

けれど、市ケ谷さんの案件の方が、会社としての重要度が高いのはわかっていた。

「いえ……。いいです。行って来ます。ご心配かけてすみません」

「悪いね。これ、先方の住所。仕事のこともわかってることは書いてあるから、これ見てから行って」

「はい」

こうやって、わざわざ用意してくれたのだ。感謝しなければ。

俺はその紙を受け取り、見た。

三枝《さえぐさ》出版。

以前も仕事を受けたことのある出版社だ。

ただ、前の時は説明会なんてなくて、担当の人と打ち合わせをしただけだった。

わざわざ会社へ出向くのは初めてだった。

『エール・シリーズのお知らせ。今回は弊社《へいしゃ》企画のエール・シリーズについてご紹介させていただきます』

という書き出しで始まる文書によると、エール・シリーズなるものは、新生活のエールを、というコンセプトで送るムックのシリーズだった。

中身は写真や漫画などで、部屋のコーディネート、食器のしつらえ、初めての料理レシピなど、女性や一人暮らしを始める人を対象としたものだった。

だがすでにその手の本は多く出版されているため、装丁を凝ったものにし、部屋のインテリアとしても鑑賞に耐えるものにしたいというのだ。

選ばれたのは、イラストレーターが三人、彫刻家が一人、ゲームクリエイターが一人、他にもデザイン系の人々を集めて続けていくらしい。

「一冊、一冊、全て違うものにしたいんです」

一人向かった三枝出版の会議室。

正面にあるホワイトボードの前に立った出版社の人は、居並ぶクリエーターを前に熱弁を振るった。

「かつては、どの家にも文学全集や百科事典がありました。それらはステイタスとしてインテリアのように扱われていました。しかし今や文学全集や百科事典はネットの中にあればいいものになり、実物として存在していません。言い変えれば、そのポジションが空《あ》いている、ということです」

まるで学習塾の教室のように、横長の机を平行に並べ、適当に座った人々がみんな彼の説明を聞いている。

「つまり、住人のインテリジェンスを表すための『本』というものを提案したいのです。もちろん、ただのインテリアとしてだけでは作る価値がありません。本の内容も大切です。そちらはシリーズとして幾つかのものを考えております。一つは料理」

彼はペンでホワイトボードに料理、と書いた。

「初めての料理、基本の皮の剥《む》き方や、道具の名称などを記したものから、スイーツ、本格的なフレンチまでを、それぞれ一冊ずつ作ります。これは料理好きの方にとってのステイタスとなるでしょう。同じように、ＤＩＹシリーズは世界の建築についてまで語り、動物などの図鑑は奇獣《きじゅう》や幻獣《げんじゅう》まで。一つのものごとについて入門編からプロフェッショナルまでを扱います」

出版社の人は幾つかのテーマを並べて書いた。

「このシリーズを持っているということは、このジャンルに造詣《ぞうけい》が深いのだとアピールできる。本棚から主張するのです。そしてそれがインテリアやアクセサリーのように扱われることで、更に存在感を増す」

言ってることがわかるような、わからないような……。

でも理解できないからこそ、俺は必死にメモを取った。

「さて、お集まりいただいた皆様には、この本の装丁をお願いするわけですが、それぞれ得意分野、またはご自分の趣味などもおありでしょう。そこで、ご自分のやりたいシリーズ、二点までをお選びいただき、自由に進めていただきたいと思います」

「他の人と重なったらどうするんだ？」

立派な顎髭《あごひげ》を蓄えた男性が、挙手《きょしゅ》して質問する。

「そのための二点です。重なったものはコンペとさせていただき、よりコンセプトに合ったものを選択いたします」

「もし両方とも負けたら？」

重ねて髭の人が訊いた。

「その場合は、こちらが用意したテーマを担当していただきます」

「あぶれることはないが、やりたいものはできないかもしれないってことか」

「最初の二点が無駄になる可能性もあるわけだな」

呟く声がボソボソと聞こえる。

二つも作品を作って、二つとも没になった後に、やりたくない仕事をしなければならないというのはキツイだろう。

テーマ選びはかなり慎重にならないと。

「それでは、今回のテーマと簡単なコンセプトを書いたものをお配りします。何かわからないことがございましたら、それぞれの担当、または私、第二編集部の小山《こやま》にお問い合わせください」

社員の人が、紙とそれを入れる大型の封筒を配りに回ってきて、俺にも渡してくれた。

冊子になったそれには、大体今小山さんが言ったようなことが書かれていた。

「では、本日はありがとうございました」

終了を示す言葉を受けて、ガタガタと椅子が動かされる音がする。

さっきの髭の人は、すぐに自分の担当らしい人のところへ行って「もうちょっと詳しく言ってよ」と詰問していた。

俺が前に仕事をしていた時の担当の人もいたが、すでに他の人に捕まっていた。

質問……、するほどのこともないから、いいかな。

わからないことがあったら、後で電話すればいいし。他の人が何を選んだかも、後の方が訊きやすいだろう。

「君は何を選ぶの？」

突然声をかけられ、俺はハッと顔を上げた。

声の主は隣に座っていた男の人だ。

「あ……、いえ、まだ何も……」

「ここで仕事したことある人？」

「はい、あの……、少し」

「あ、俺、警戒されてる？」

おどおどした俺に、彼は笑った。

「いえ、そんなことは。俺、人と話すのが苦手で……」

「ああそう。よかった。警戒されちゃったかと思った」

爽やかな笑顔を向けられて緊張する。

どうも、俺はかっこいい人の前では特に緊張するらしい。

「初めまして、俺は黒木大輔《くろきだいすけ》、イラストレーターです」

彼は名乗って、名刺《めいし》を差し出した。

「スタジオ・クルー……。あの？」

名刺に書かれた会社名は、俺でも名前を知ってる大きな事務所だった。

著名なイラストレーターが何人も所属しているし、スタジオとして映画の美術とかも手掛けているようなところだ。

「会社の名前は有名だけどね。俺の名前は知らないだろ？」

「え……、あの……、俺、あまり同業者の方の名前とか知らなくて……」

どうしよう、失礼だったかな。

「いいよ。で、君は？」

「あ、はい」

俺も慌てて名刺を取り出し、彼に渡した。

「マーレ。聞いたことないな。花澤くんって言うんだね」

「はい、よろしくお願いします」

「そんなにかしこまらなくても……。どう？　この後予定がなかったら一緒にお茶でも。今回の仕事のこと、少し話さない？」

「俺とですか？」

「ダメ？」

「いいえ、そんな。ただ、俺も全然知らなくて」

「だからだよ。わからない者同士、ちょっと対策とか考えよう。君もイラストレーターなんだろう？」

「はい」

「じゃ、行こうか」

今のは、『イラストレーターか』という質問に答えただけで一緒に行く、という答えではなかったのだが、先に立ち上がって背中を向けられると、ついて行かないわけにはいかなかった。

この打ち合わせにどれだけ時間がかかるかわからなかったので、特に次の予定を入れてはいなかった。

これも仕事に関する時間だ、と思えばお茶ぐらい大丈夫だろう。

どうせ俺なんかと話をしても長く付き合ってくれる人などいない。すぐに終わるさ。

「近くにいいお店あるかい？」

エレベーターの中で話しかけられても、しどろもどろ。

「いいお店って……」

でも黒木さんが悪い人ではないことはわかった。

ずっと笑顔で接してくれていたから。

「ここで仕事をしてるなら、打ち合わせに使う喫茶店とかは？」

「それならすぐ近くに」

「案内して」

「はい」

編集部を出て、近くの喫茶店へ。

窓際のボックス席に座ると、彼は改めて自己紹介をした。

「同業者の、黒木です」

「あ、ハイ。花澤です」

「これ、名刺代わりで、俺の描いたイラスト」

彼は手にしていたポートフォリオから、カードを取り出して渡してくれた。

エッチングのように細い線で描かれた少年の姿に、淡いパステルでバラのような、星雲《せいうん》のようなバック。

「綺麗……」

「気に入った？」

「はい。凄く綺麗です。この線と背景のコントラストとか、凄く特徴的で」

凄いな、身体のラインが本当に細かい。

「ありがとう。よかったらどうぞ」

俺は大切にそれを出版社の封筒にしまった。

「それで、さっきの話の続きだけど、花澤くんは何を選ぶか決めた？」

「いいえ、まだ」

「今までどんな仕事してたの？」

「本の装丁もやりましたし、挿絵《さしえ》なんかも……。あとはポスターとか」

「装丁、やったことあるんだ。俺は装丁ってやったことなくてね。じゃ、君のが先輩ってことだな」

「いえ、そんな……」

黒木さんはスポーツマンなんだろうな。

少し焼けた肌に、首とか肩とかがっしりしてる。インドア派で青白い俺なんかとは全然違う。

「ん？　何？　俺の顔に何かついてる？」

「あ、いえ。その……、かっこいいなぁと思って」

「俺が？」

「はい。スポーツでもやってらっしゃるのかなって」

「スポーツねぇ。サーフィンやってるから少しは鍛《きた》えてるって言えるかな？　花澤くんは可愛いよね」

「俺ですか？」

「うん。小柄で色白で」

突然彼は手を伸ばし、俺の前髪を持ち上げた。

「ああほら、やっぱり。可愛い顔してる」

慌てて身体を引いて、持ち上げられた髪を元に戻す。

ビックリした。

「そんなことないです。暗い顔です」

「目もつぶらだし、睫毛《まつげ》も長いよね。どうして髪で隠しちゃうの？　もったいないよ？」

「俺は……、人と話すのが苦手で……」

「そう言ってたね。お友達とかいないの？」

「……あんまり」

「それじゃ、俺と友達になろうか」

「え……？」

「一緒に仕事することになるんだし、いいじゃないか。俺は花澤くんが気に入ったな」

「俺なんかを、ですか？」

気に入られるようなことなんか、何もしてないのに。

「今度、君の絵も見せてよ」

「そんな……、俺の絵なんか……」

「ほら、俺、装丁の仕事が初めてだから、もしよかったら君の仕事を見せてもらえたら嬉しいなって」

ああ、そういうことか。

きっと、初めての仕事で不安だけれど、誰にも訊けなくて、俺だったら気軽に訊けると思ったのだ。

どう見たって、俺の方が年下だし。

「ね、頼むよ」

「はい。いいですよ」

「ホント？　ありがとう。それじゃ、明日はどう？」

「明日ですか？」

「夕飯でも一緒に食べながら話をしよう。是非《ぜひ》君のイラストも見せてくれ。俺のも持ってきてあげるから」

自分のイラストを見せるのは恥ずかしかったが、彼の作品はもっと見てみたかった。

夕飯なら、仕事が終わった後だし、大丈夫だろう。

「……はい」

「それじゃ、携帯の番号交換しようか。電話出して」

「え？　あ、はい」

言われるままに携帯を取り出して、番号を交換する。

「これでもう、俺達は友達だね」

黒木さんににっこり微笑《ほほえ》まれて、照れてしまった。

自分と全く違うタイプの、快活《かいかつ》で人付き合いもよさそうで、才能もある、かっこいい黒木さんが俺を友達だと言ってくれるなんて。

自分と友達になろうと、積極的に言ってくれる人なんて初めてだった。

「花澤くん、好き嫌いある？　店、俺が決めてもいい？」

「あ、はい」

ちょっと押しは強いけど、食事の好みまで訊いてくれるいい人だ。

仕事の相談だけだろうけど、本当に友達になれたら楽しいだろうな。

「君、画材何使ってるの？　パソコン？」

「色々やってます。カラーインクとかも使いますし、色鉛筆《いろえんぴつ》とかも」

そんな期待を抱いてしまった。


付き合いが悪い、とはよく言われた。

ゲームはヘタだし、カラオケには行かないし、コンパも欠席する。

それでも、『なごみ系』というお許しをもらって、そっとしておいてもらっていた。

「花澤ってさ、縁側の猫みたいなもんなんだよ。変わらずそこにいればいいんだ」

とは友人の言葉だ。

手を出せば逃げる、でも見てる分にはなごむ。たまに手を出した時に懐《なつ》けばラッキー、だそうだ。

自分ではよくわからないけれど……。

お酒も強くないし、外で遊ぶのもヘタ。

だから、深い付き合いにはならなかったし、学校を卒業してからも続く友情というのはなかった。

だから、黒木さんから誘われても、装丁のノウハウを教えたら、それで終わりだと思っていた。

約束した翌日、以前装丁をした本を持って彼に会いに行った時はそんな気持ちだった。

待ち合わせは都心のターミナル駅近くのカフェ。

先に到着したのは俺で、黒木さんは少し遅れてやってきた。

「ごめん、待たせちゃった？」

「いいえ、本読んでましたから」

「怒ってもいいのに、優しいね」

「いえ、そんな……」

遅れた、と言っても五分程度なのに。

「デートとかでも怒らないタイプ？」

「わかりません。デートとかしたことないので……」

「彼女は？」

「そういう人は……」

いい齢《とし》して、おかしいかな。

「へえ、そうなんだ。こんなに可愛いのにね」

「そんなことないです。俺……、つまらない人間なので」

「そんなことないよ。俺、審美眼《しんびがん》はあるんだよね。それに、花澤くんはつまらなくなんかないさ。才能、あるんだろう？」

「才能なんて……」

「まだお腹空《す》いてないなら、少しここで話そうか。イラスト、持ってきてくれた？」

「あ。はい」

俺は恐縮しながら、持ってきた自分のイラストを見せた。

絵を人に見せることは、苦手だった。

子供の頃は、見てもらえば自分の気持ちが伝わるのが嬉しかったが、成長するにしたがってそれが変わった。

絵を描くことが楽しくなって、色んな技法を覚えて、自分の気持ちとは違う見方でも描いてみようと思った時、『こんなこと考えてるんだ』『こんな風に見えるんだ』と言われるのが嫌だったのだ。

でも、それはクレイブさんに会って変わった。

口は悪いけれど、あの人は俺の絵をちゃんと見て、ちゃんと褒めてくれる。こういうのもいいけど、お前らしくないとか、これは気持ちが入ってるとか。

わかってくれる人はいないんじゃないかと思ってたから、わかってくれる人もいるんだと思うと、そういう相手を見つけたくて、絵を見せることに抵抗がなくなった。

「うん、いいね」

黒木さんは、渡した絵を見るとにっこり微笑んだ。

「これ、君が気に入ってる絵だろう」

「わ、わかります？」

「もちろん。俺も絵描きだからね。気持ちが入ってる感じがするよ」

嬉しい。

この人も、わかってくれる人なんだ。

「これ、もう発表したんだろう？　どういうとこに載ったの？」

「女性誌の、占いの特集の冊子《さっし》の表紙です」

「へえ、もったいないなぁ。俺ならもっといいところに回すのに」

「使ってもらえるだけでもありがたいですから」

「謙虚《けんきょ》だね」

「そんな……」

「ネットで、名前を検索してみたんだよ。結構いい仕事してるじゃないか」

「それはうちの営業の人がよくしてくださるからです」

「俺達の絵って、ちょっと似てない？　結構同じ感性持ってるのかもよ」

と言われても、俺はまだ昨日貰ったポストカードしか見たことがなかったので、『そうですね』とは言えなかった。

「画材、何使ってるの？　パソコンで描く時のソフトは？　やっぱりペンタブ？」

矢継《やつ》ぎ早《ばや》に質問されて、困りながらも、話題が絵のこととあって、いつもよりは上手く喋れていたと思う。

本の装丁の説明もするから、長く話もした。

黒木さんは終始にこにこしていて、俺の話をよく聞いてくれた。

場所を移動し、食事の店へ行っても、会話は続いた。

好きな作家のことや、オススメの絵。

描きたくなるロケーションの場所。

俺の知らないイラストレーターの話も、色々してくれた。

「彼はね、アメコミ出身なんだけど、ＳＦ映画の美術なんかも手掛けてるんだよ。何と、日本のアニメのメカニックデザインもやってるんだよ」

「アメリカの人なのに、ですか？」

「ああ。うちに画集もあるから、今度見に来るかい？　俺は画集とか揃えるのが好きでさ、色々持ってるから」

「でも……」

「花澤くんと話してると楽しいんだ。また会ってゆっくり話したいな。家に来るのがダメなら、またデートしようよ」

「デ、デートですか？」

「男二人でデートはおかしいか。でもまあいいじゃないか、どんな呼び方でも。会って、絵の話をしよう」

「はい……」

俺なんかと話をして楽しいんだろうか？

今日だって、質問に答えただけだし、後は彼の話を聞いてるだけなのに。

「明日は？　君は毎日事務所に顔を出してるの？　それとも自宅で描いてるの？」

「仕事は事務所でしてます。デスクがあるので」

「へえ、不自由はないの？」

「特には」

「休みは？　日曜には会社に行かなくていいんだろう？　今度の日曜にデートしようよ」

「日曜ですか？」

「今回の仕事のことも、二人でアイデア出してみよう。セッションは有意義だよ」

「そう……、ですね」

「でも、よかったらそれまでに食事だけでもまたしよう。夕方が忙しいなら、ランチでもいいよ」

「え……、あの……」

「すぐには答えられないか。じゃ、またメールするよ。日曜のこともあるし」

「あ、はい」

戸惑う俺に、彼は笑った。

「花澤くんは、絵の話をする時は普通に話すのに、自分のことになると、すぐ言葉に詰まるんだな」

「すみません」

「可愛いよ」

真っすぐにこちらを見ながらイケメンが微笑むと、男同士でもドキドキした。

黒木さんは、きっと友達とかもいっぱいいるんだろうな。俺にまでこんなにフランクに話しかけてくれる人だもの。

一緒にいたら、少しは俺も前向きになれるだろうか？

「お食事はわからないですけど、日曜日は空けておきます。もしよかったら……、誘ってやってください」

「ああ、約束だ」

彼は手を差し出して、テーブルごしに握手を求めた。

した方がいいのかどうかを迷っていると、腕を取られて手を握られた。

強くぎゅっと握られて、またドキドキした。

負けてしまいそう、と思いながら。


「お前は、宝飾と水の生物をやれ」

三枝出版の仕事の、何のテーマをやろうかと悩んでいると、突然背後から頭をがしっ、と掴まれた。

振り向かなくてもわかる、クレイブさんだ。

「ほ……、宝飾と水の生物ですか？」

「それが一番いい。お前の絵に合ってる」

クレイブさんは近くの椅子を持ってきて、俺の隣に座った。

「やる」

そして持っていたチョコの箱を押し付けてきた。

「これ、高いとこのチョコレートでしょう？」

「二個食ったら飽きた」

「クレイブさんって、一口食べてみたいってタイプなんですよね」

「迷惑なのか？」

ジロッと睨まれて、慌てて首を振った。

「いえ、チョコ好きですから嬉しいです。ここのは好きだし。でもあげるなら女の子にあげればいいのに」

「女にやると変に勘ぐられるだろ」

「あ、そうか」

確かに。

「それ、まだ悩んでるんなら、宝飾と水の生き物にしろ」

彼はもう一度、俺が見ていた書類を指さして言った。

「宝飾はわかりますけど、どうして水の生き物なんですか？」

「お前の絵は、水と相性がいい。それに目を通したが、図鑑の挿絵を描くわけじゃない。インテリアとして置ける、がコンセプトなら、テーマは中身をリアルに表現する必要はない。水とか海とか、それこそお前の好きな人魚を描いたっていいわけだ」

「それは考えてませんでした」

図鑑系のものは、リアルに描かなければならないと思い込んでいた。

「花澤は人間を描くより幻想的なものの方がいい。それなら、自由度が高いものにした方がいい。ＤＩＹや料理は具体的過ぎるし、人間を描く必要も出るかもしれない。人間を描かず、『綺麗なもの』だけで済ませられるテーマがいいだろう」

「さすがです」

感心して褒めると、彼はフン、と鼻を鳴らした。

「どうせお前のことだ、想像力が足りないと思ってたよ。いいか、テーマはその二つに絞れ」

「はい」

「最近、新しいの描いたか？」

「仕事が忙しいので」

「描けよ。新しいのが見たい」

俺がここに勤める時の条件に、描いた絵は仕事でもプライベートでも、一度必ずクレイブさんに見せることになっていた。

なので時々こうして絵を見せろ、と言うのだ。

「でも、この仕事があるので……」

「バカだな。これラフが出るだろ。全然やってないのか？　お題を貰って丸一日以上経ってるのに？」

「それは……」

黒木さんに会ったりしていたので、集中ができなかったのだ。

けれど、クレイブさんはそれを誤解した。

「そう重く考えるな。お前ならできるから大丈夫だ」

俺が、仕事をプレッシャーに思って筆が進まなかったのだと。

「昼メシ食いに行く時、ついて来い」

だから、この『大丈夫』は優しさからの言葉だ。

「え？」

「昼飯、おごってやる」

「いえ、でも……」

慰めてくれての言葉だとは思ったけれど、実際はプレッシャーに思ってるわけではないのだから、おごってもらうわけにはいかない。

でもクレイブさんはいいアイデアが浮かんだというように続けた。

「そうだ、水族館に連れてってやる」

「水族館？」

「水の生き物を描けって言っただろ。そうと決まったら、メシまで待つ必要はない。すぐ出るぞ」

「え？　あの……」

クレイブさんは俺の腕を掴んで立たせた。

「土佐、俺と花澤は取材だ。何かあったらケイタイに連絡しろ」

「はい」

強引に腕を取られたまま、俺はオフィスから連れ出された。

わかってる。

この人は優しい人だ。

ただ、強引なだけで。

そして俺はこの強引さに逆らえないのだ。

クレイブさんが社長だから、萎縮《いしゅく》してしまうほどかっこいい人だから、というだけじゃない。彼の目に見つめられたり腕を掴まれたりすると、胸がぎゅうっとなって、動けなくなってしまうのだ。

事務所を出て、彼の愛車に乗り込まされる。

ぼうっとしてると、シートに座った俺の上にのしかかるように腕をまわす。

ドキリとしたが、それは単にシートベルトを締めてくれただけだった。

「乗ったらすぐにシートベルトはちゃんとしろ」

「はい」

黒木さんといい、クレイブさんといい、俺の回りにはイケメンが多く、顔のいい人に近づかれるとドキドキしてしまうようだ。

車が走りだすと、クレイブさんは前を見たまま話しかけてきた。

「一度訊こうと思ってたんだがな。お前、どうしてそんなにビクビクしてるんだ？　俺は確かに口が悪いが、土佐や市ケ谷なんかは優しいだろう」

自分が口が悪い自覚があったのか……。

「わかりません……、子供の頃からこうなんです」

「打破《だは》しようと思わないのか？」

「思いますけど……。多分、人が怖いんです」

「怖い？」

クレイブさんがいつもより静かな口調だったし、車の中で他の話題も見つけられなかったので、俺は話を続けた。

「俺、子供の時に溺れたって話をしたでしょう？」

それに俺は知っていた。

この人は本人も言うように口が悪いけれど、決して人をばかにしたりしない人だって。

初めて会った時から、『ばか』という言葉は何度も投げかけられた。でも、嘲笑《ちょうしょう》するようなことはしなかった。

彼が『ばか』と言うのは、怒ってたり自分自身に苛立《いらだ》ったりしてる時だけだ。

会社のみんなもそれを知ってるから、彼が若くても、口が悪くても、彼の下で働いているのだ。

「助け出されて目が覚めた時、怒られたり心配されたりして大人達に囲まれて、パニックになっちゃって。元々身体が弱く他の子と一緒に遊ぶことが少なかったので、大きい人が怖かったんでしょう。大丈夫って言っても、『大丈夫じゃないでしょう』って言われて、『怖かった』って言ったらもっと心配されると思うと言えなくて」

「みんなお前を心配したんだろう？」

「わかってます。でも当時は子供だったので、自分の思ってることが上手く伝わらなくて、どう説明していいかもわからなくて……。多分それで、人が近づいたり話をしようとすると緊張しちゃうんです。それに……」

「それに？」

「いえ。あの……、それにきっとこういう性格なんだろうなと思って」

信号待ちで車が停まると、彼は手を伸ばして俺の頭をグリグリと撫でた。

「着くまで寝てろ。俺は運転に集中する」

「はい」

嫌なことを話させた、と思ってるんだろうな。

これも慰めのつもりなのだ。

俺はありがたく口を閉ざし、目を閉じた。

あの時のことはよく覚えていなくて、よく覚えてる。

変な言い方だけど、そうとしか言いようがない。

親が言うには、俺は磯遊びをしていて波にさらわれたそうだ。その時のことはあまり覚えていない。

記憶がはっきりとしているのは、救急車に乗せられている時からだ。

泣いてすがる母と、自分が海へ連れて来たからこんなことになったと口にしながら心配のあまり怒り出す父親。

後で病院に来てくれた、俺を探すために船を出してくれた漁協の人達は、きっといい人だったのだろうけれど、都会育ちの俺にはおっかないくらい逞しくて、口の悪い人ばかり。

毎日心配されて、怒られて、それを何とか緩和させようと、『楽しかった』『大丈夫』と言うと、こんなに心配させてとまた怒られた。

子供だから、親の心配がわからないのだという声も聞こえた。

違う。

心配されているのがわかっているから、『大丈夫』と言ったのだ。父親が、自分が連れて来なければと、母親が自分が目を離さなければと言うから、海へ連れてきてもらったことは『楽しかった』と言ったのだ。

でも、それを正確に伝えるだけの言葉を持たなかった。

言っても伝わらないのだという気持ちだけが残ってしまった。

だから、人と話すのが苦手だし、心配や好意で、真っすぐ向けられる視線が怖いのだ。

また自分が悪いことをしているのでは、という気になって。

それに……。

誰にも言っていないことだが、俺の中にはぼんやりとした記憶があった。

溺れて、苦しくて、死んじゃうって思った時、誰かがそばにいたような……。

助けてくれた大人ではなかった。

だって、俺は浜に打ち上げられていたそうだから。

だとしたら、もしかしてもう一人溺れた子供がいたのではないだろうか？　俺はその子供と遊んでいたのではないだろうか？　もしそうなら、その子はどうなったのだろう。

俺が見つかってしまったせいで、その子は気づかれずに……。

助かった時、他に溺れた子供がいたかどうか訊いたが、そんな子供はいないと言われてしまった。

溺れた時に見た幻かもしれない。

でもはっきりと覚えていないから、否定ができない。

人に掴まれるとドキドキしてしまうのは、その子の感触を思い出すのが怖いからかもしれない。

自分が、自分だけが生きてることが申し訳なくて、臆病になった。

水に入るのが怖いのもそのせいだ。

自分は、その子を見殺しにしたのかもしれない。その罪悪感が、人に近づくことを躊躇させる。

でも……、そのことはもう誰にも言えなかった。

助かった当時は誰かいたかもしれないと口にはしたけれど、あの日浜で遊んでいた子供も、行方不明になった子供もいないと言われてしまったし、繰り返し口にすると、おかしなことを言ってるという目を向けられたから。

あれは夢だったのだと思いながら、どこかで『もしかしたら』と思ってる。それが自分を臆病にする。

のうのうと生きてていいのか？

楽しんでいいのか？

もう一度確かめた方がいいんじゃないのか？

俺が人魚姫だったら……。

すぐにでも海に潜って探しにいけるのに。カナヅチの自分では、それが叶わない。

もしかして相手の方が人魚で、俺を浜まで運んでくれたのかも、と考えると少し気持ちが楽になる。

　どちらにしても、溺れた俺にとって『人魚』は特別だ。

　目を閉じたままじっとしていると、寝ていると思ったのだろう。クレイブさんがもう一度俺の頭を、今度はそっと撫でた。

　一番最初に俺を認めてくれた人だから、彼のことはとても好きだけれど、怖くて近づけない。

　起きてる時も、これぐらい優しくしてくれればいいのに。

　そしたら、もっと好きになるのに。

　今も結構好きだけど……。

　しばらくすると、本当にウトウトしだして、眠ってしまったが、優しくない手が俺を叩いて起こした。

「起きろ。着いたぞ」

「あ、はい」

　慌てて起き上がり、シートベルトに引っ張られてまた座席に戻る。

「気を付けろ。車が壊れる」

「すみません……」

「冗談だ。お前ごときで壊れるような車に乗ってるわけがないだろ。ほら、降りろ」

「はい」

優しくされたい。

でも優しくされると罪悪感が生まれてしまう。

だから、クレイブさんのぶっきらぼうな物言いは丁度いい。

この人といると、ほっとする。

この人なら、俺が本当に悪い時には『悪い』と言ってくれるだろう。

でもだからこそ、自分の悪い部分を見せるのが怖かった。

「仕事だからな、入場料はおごってやる」

車を降りて、水族館の建物に向かう。

遠くで聞こえる海鳴りが怖くて、ついクレイブさんに擦り寄ると、彼はジロリと俺を見たが、すぐに何かに気づいたように俺の肩を抱いた。

「溺れたら俺が助けてやる。俺は人魚より泳ぎが上手いんだ」

と言って。

俺の不安を察してくれる優しい人。

「俺も海の音は嫌いだ。ここではない場所へ連れて行かれそうで」

一瞬、彼が遠い目をする。

「こっちへ帰って来いと聞こえる。……なんてな」

茶化して笑ったが、近くで見ていただけに、その目は印象的だった。

「クラゲ見ろ、クラゲ。お前の絵にはクラゲが合ってる」

でも建物の中に入ると、肩の手も彼もすぐに離れてしまった。

男同士で肩を組んでるなんておかしいから、当然のことなんだけど、それが少し寂しく感じる。

ずっとそばにいたかったと。

絵を描いてる時には孤独を忘れることはできるけれど、一人でいるのが寂しい。人に近づかれるのは怖いくせに。

身勝手だな、俺も。

「ほら、早く来い」

「はい」

水に色はない。

蒸留水は無色透明だ。

海や湖が青かったり緑だったりするのは、光の反射や混ざっている不純物のせいだ。

本当に綺麗な海は、透明で、どこまでも見通せるし、俺達が『海の匂い』と言ってるものもない。

あれは、死んだ微生物や海草などの匂いらしい。

空気よりも密度の濃い、水の中。

平たく、流線形の魚は、水の抵抗を受けずにすいすいと泳いでゆく。

丸いフォルムのものは、ひらひらと浮かぶように動く。

クラゲは漂いながら、イカはジェット機のように。

生き物の全ては海から生まれた。

人の身体の中に流れる血液がしょっぱいのは、その名残りだとも言われている。

写真や映像や、物語の中の海は好きだった。

クレイブさんに連れて行かれた水族館でも、ガラスの向こう側の海の世界は綺麗だと思えた。

光を受けてキラキラと輝く鱗《うろこ》、優雅な動き。

実際はアクリル板だそうだが、ガラスに顔を近づけると、まるで海の中に入ったような気分だった。

クレイブさんは少し離れて、背後から俺を見ていたが、ガラスに反射して映った彼の姿はまるで海の中に立っているようだった。

いや、俺じゃなく水槽の魚を見ていたのかも。

だってガラスに映ったその目はとても真剣で、愛おしそうなものに見えたから。

そんなことがあったからかもしれない。

俺は久々に海で溺れた時の夢を見た。

足元が波で攫《さら》われ、浜辺に戻ろうとする俺をどんどんと沖合に運んでゆく。

脚はすぐにつかなくなり、縋《すが》るものもないまま漂い、水を飲み、水を含んで重たくなった服が重しとなって水底へ引きずり込まれる。

水中から見上げる空。

ゆらゆらと揺れる太陽。

耳のすぐ横を抜けてゆく小魚。

幻想的で、美しい風景。

その時、誰かが俺を抱き上げた。

覗き込む顔。
それは海の青を落とした、青みがかった黒い瞳。
金の髪が水面に広がって、さっきの太陽の光と同じように揺らめいていた。
あ、クレイブさんだ。
そういえば、彼は人魚よりも泳ぎが上手いと言ってたっけ。
これで、俺は溺れないで済む。
彼にしがみついてればいいんだ。
俺はクレイブさんの身体にしがみついた。
彼が、小さな俺の身体をしっかりと抱きかかえる。
鼻先で、彼の髪が揺れて、くすぐったかった。
くすぐったくて……、俺は大きなクシャミをした。
「クッ、しゃん」
そして、目が覚めた。

明け方の空気はまだ冷たかった。

冬は終わったのに、時々寒い朝がある。これは寒の戻りっていうのかな?

「うー……。寒い」

気が付くと、掛け布団が半分ベッドから落ちていた。

どうりで寒いわけだ。

この寒さが、あの冷たい海を思い出させて、あんな夢を見たのだろう。

俺は布団をずり上げ、肩まですっぽりと包んだ。

薄い青みがかった灰色の室内。

夜は終わったけれど、朝とも言い切れない、不思議な時間。

いい時に目が覚めたと思って、カーテンの隙間から差し込む淡い光と、物の輪郭《りんかく》だけで作られた部屋を眺めた。

この部屋は、『マーレ』に就職することになってから、クレイブさんが手配してくれた部屋だ。

新しくて綺麗なマンションの一室だが、連れて来られた時には物置同然だった。

いや、物置だった。

会社のいらないものを置いておく場所だったらしい。つまり、ここは会社の持ち物、ひいてはクレイブさんのものだ。

もっと広い部屋もあると言ってくれたのだが、俺はここがいいと言った。

会社に近かったし、広い部屋に入っても、一人住まいでは寂しいだけだったから。

それに、ここは二間もあるので、俺にとっては充分な広さだ。

玄関から入ってすぐ右手がキッチン、左手がバストイレの水回り。洗濯機はコインランドリーか、会社のものを使っていいことになっているので買わなかった。

抜けてすぐの六畳間にはテーブルとテレビがあり、テーブルはデスクも兼ねていて、仕事の時はそこにパソコンを置く。仕事部屋兼リビングだ。

そこから左手、水回りと同じ方向に続く部屋が、ここ。

寝室だ。

学生時代から使っているシングルのベッドの他は本棚だけ。

クローゼットは造り付けで、衣装持ちではない俺には他にタンス等を買う必要はなかった。

一応整理整頓は心掛けてるつもりだけれど、本棚の中には本やＤＶＤがいっぱい。

クロッキー帳やスケッチブック、仕事のファイル等はついにここから追い出されて隣のリビングに並んでいる。

散らかしてるつもりはないのに、ブロックのように積み上げられて置いてある物は、箱だ。

お菓子や、服などが入っていた綺麗な箱が好きで、捨てられなくて、つい取っておいてあるのだ。

これも山ほど溜まっていたので、マトリョーシカのように入れ子にして、それでも追いつかなくて、先々月、写真を撮って少し捨てた。

「海の底みたい」

俺は薄暗い部屋を見ながら呟いた。

クレイブさんに連れてってもらった水族館が、少し暗かったからかもしれないし、自分の中で海は暗いものという記憶があるからかも。

「映像だと、キラキラしてるのが『海』なんだけどな」

俺はまた布団を引っ張りあげ、頭からすっぽり被った。

夢の中で見たものを反すうするためだ。

水の中から見上げた太陽は、揺らめいて不思議だった。

ああいう『光』を描けたら面白いな。

金色の優しい色。

でもその真ん中には目を射るほどの強い光。見つめてはいけない、激しい光だ。

閉じた瞼《まぶた》の内側に、金の髪が揺らめく。

俺は思い出して苦笑した。

どうして、クレイブさんが助けに来る夢を見たのか？

その理由がわかってるからだ。

出会った時から、俺はあの人の世話になりっぱなし。頼りきって、憧れてる。だから、あの苦しさからも、彼なら助けてくれるんじゃないかと思ったのだろう。

夢の中では、水中で漂う余裕があったが、実際は酷《ひど》く苦しかった。

……と、思う。

思い出そうとすると息苦しくなるから。

夢の中のクレイブさんは、今と同じ、大人だった。もしも彼が本当に助けてくれたのなら、彼はもっと子供だったはずだ。

彼に似た大人が……、ということも考えられない。

青みがかった黒い瞳と金の髪の人なんて、そうそういるわけがない。あそこにそんな人がいたら、きっと大人の口に上《のぼ》っていたはずだが、そんな話は聞かなかった。

だから、今のは夢。

そして俺の気持ちを映した夢なのだ。

ガラスに映った彼の顔。

キラキラ光る水面ごしの太陽。

「ん。何か描けそう」

俺はガバッと起き上がってベッドから下りた。

布団に潜り込んだ時より部屋は明るく、『生活』がはっきり見えてしまう。

パジャマのままリビングに行くと、本棚からクロッキー帳を取り出し、何も描かれていない紙の上に線を引く。

まだ明確なイメージが決まったわけではないから、鉛筆で思いついたものを細々《こまごま》と描いてみる。

揺らぐ太陽。

魚。

強い瞳。

広がる髪。

「人魚みたいだ」

もしかしたらアンデルセンも、水に落ちて、同じ体験をしたのかも。

手が、幾つもの瞳を描く。

怒った目、笑った目、困った目。

どれも、クレイブさんの目だ。

手の届かない人。

綺麗で、強くて、お金持ちで、社長で。はっきりしていて優しくて。

あの人のことを、とても好きだった。

初めて出会った時には不良と思ったのに。今では王子様のようだと思ってしまう。

でも、俺は自分のことがよくわかっていた。

絵を描くことだけは褒めてもらえるけれど、俺は所詮《しょせん》人魚姫だ。

彼を好きになっても、振り向いてもらえるわけがない。好きと言う勇気もない。だから好きにならない。

美しい絵の中の人物を見るように彼を見つめるのがせいぜいだ。

それでも、時々優しく触れてもらえるだけずっといい。

彼に限らず、俺なんかを振り向いてくれる人などきっといないんだろうな。

この部屋で、ずっと一生絵を描いて暮らすのだ。

「いいんだ。絵を描くのは好きなんだから」

たくさん描いた目の中から、一番気に入った瞳を、もう一度大きく描き直して、その真ん中に揺らめく太陽を描いた。

見つめ過ぎると目がつぶれてしまう。

それがぴったりの気がして……。


日曜日、俺は朝から緊張していた。

昨日届いたスマホのメールを何度も見返して、待ち合わせの時間と場所を確認する。

今日は、黒木さんと出掛ける約束の日だった。

本気で誘ってくれているのじゃなく、社交辞令だったんじゃないかと少し疑っていたのだが、彼はちゃんとメールをくれた。

『写真展のチケットがあるから一緒に見に行こう。お互いためになると思うし、きっと花澤くんが好きだと思うから』

約束は午後一時。

待ち合わせは都心の駅。

昼食は一緒するから食べて来ないように、と言われていた。

大した服もないのに、朝からクローゼットを引っ繰り返して、なるべく彼が連れ歩いてもおかしくない格好を選んだ。

以前買い物に付き合ってもらった時に土佐さんが選んでくれた、白い長袖のTシャツだ。

左の袖の肘の辺りだけがオーガンジーになってるもので、オシャレだなあと俺も思っていた。

それと、朝晩はまだ冷えるからロングカーディガンを羽織った。

ただ、カーディガンを羽織ると、せっかくの袖の部分が見えなくなってしまうのだが。

もしかしたら絵の話をするかもしれないと、例の仕事のファイルと、クロッキー帳を入れた大きなカバンを斜め掛けにし、部屋を出た。

休日の都心の駅は人が多くて、待ち合わせに選んだ場所にも、人待ち顔の人々で溢《あふ》れていた。

五分前に到着して待つ、改札横の、ベーカリーの前。

もし……、黒木さんが来なかったらどうしよう。

俺が本当に来ると思ってなかったとか、都合が悪くなったということもあるかもしれない。

日にちや時間を間違えてはいないだろうか？

約束の時間より前だから当然なのに、彼の姿が見えないことが不安で、スマホを取り出し、また確認する。

「仕事のメール？」

その時、肩越しにひょいっと顔が現れ、俺の手元を覗き込んだ。

「それ、俺のメール？」

「黒木さん」

黒木さんは黒のジャケットに赤のクロスが刺繍《ししゅう》してあるシャツを着ていた。

やっぱりかっこいい人だな。

「いえ、あの……、間違えてないかと思って」

そして俺はかっこいい人の前では萎縮してしまう。

「大丈夫、間違ってないよ。ご飯食べてきた？」

「いえ、食べないで来てってあったので」

「うん。それじゃ、まずは腹ごしらえといこうか。近くのレストランに予約入れてあるんだ」

「予約ですか？　そんな立派なとこに？」

「何で立派？」

「だって予約が必要なお店なんじゃ……」

黒木さんは歯を見せて笑った。

「違うよ。ただ混むからテーブル予約しただけさ。そんなに立派なとこじゃなくて申し訳ない」

「あ、いえ。そういうつもりじゃ……」

高いお店を期待してるって、思われたのだろうか？

焦ってると彼は俺の肩を抱いて歩きだした。

「ウソ、ウソ。花澤くんって堅苦しいの嫌いそうだものね。創作イタリアンの店だよ。パスタが嫌いじゃないといいけど」

「あ、はい。好きです」

「それはよかった」

歩きだすために肩を組んだのかと思ったけれど、黒木さんはそのままで歩き続けた。

彼の方が背が高いから、置かれた手がちょっと重い。というか、人前なのに男同士で肩を組むことが恥ずかしい。

でも黒木さんは気にしていないようだった。

「そこの店ね。サーファー仲間がやってる店なんだ。きっと黒いから驚くよ」

「黒い、ですか？」

「日に焼けてるのさ。俺は結構美白に気をつけてるからそんなでもないんだけどね」

「美白……」

「仕事で人と会う時、真っ黒だとチャラいと思われちゃうだろう？　結構大変なんだよ、化粧水や乳液塗って」

「男の人なのに？」

「あれ？　君、そういう派？」

「あ、いえ。自分が使わないので……」

「花澤くん、色白いものねぇ、必要ないんだろうね」

肌が白い、と言われて一瞬頭の中にクレイブさんの顔が浮かんだ。

あの人も白い肌だな、と。

「俺のは、ただインドアだからですよ。美白っていうか、生っ白いだけです」

「でも色が白くて可愛いよ。あ、ここ、ここ」

また可愛いと言われてしまった。

人慣れっていうか、彼はそういう言葉を他人に向けることに慣れているのだろう。

黒木さんが連れてきてくれたのは、駅から少し歩いた、一本奥まったところにある明るい感じのお店だった。

道路に面したところにオープンテラスがあって、ドアや窓のサンがペパーミントグリーンに塗られていた。

床は白っぽいフローリングで、女の子の好きそうな店だ。

でも、迎えに出た店主は、確かに黒かった。

髪も色が抜けて金髪っぽい。ただ、クレイブさんのサラサラの髪と違って、いかにも焼けて脱色したという硬そうな髪質だけれど。

「よう、黒木」

「よう。窓際、いい？」

「ああもちろん。そっち、お友達？」

「仕事仲間。これから友達になるとこ」

フランクに挨拶《あいさつ》を交わす二人の横で、身体が硬くなる。

「あの……、初めまして。花澤と申します」

「学生さん？」

「いえ、違います」

「あ、これは失礼。さ、どうぞ奥へ」

サーファー仲間だという店主は、黒木さんと同じように、引き締まった身体をしていた。本当に自分が生っ白く感じる。

案内された席に座ると、すでにオーダーが通っていて、注文もしていないのに、次々と料理が運ばれてきた。

カプレーゼのサラダ、ホタテのカルパッチョ、ルッコラの乗った生ハムとカラスミのパスタ。

「すごくオシャレです、盛り付けも綺麗だし」

「この程度でオシャレだなんて言ってくれるのは花澤くんぐらいだよ。今時は珍しくもない料理さ」

「俺、あまりこういうとこ来ないから。珍しくなくても、やっぱりオシャレです」

「花澤くんは素直でいいねぇ」

お料理は美味しかった。

黒木さんはグラスワインを頼み、水みたいなものだから、と二杯も飲んだ。

俺も勧められたけど、あまりお酒に強くないからとアイスティーにした。

「花澤くんは、あまり友達とかいないって言ってたね？」

「……はい」

「いつも一人？」

「事務所の人達とはうまくやっています。親切な方もいらっしゃるし」

「絵描き仲間とかは？　大学はどこの美大だったの？」

「いえ……、俺は専門学校です」

「へえ、そうなんだ」

意外、という響き。

「じゃ、その学校の友達は？」

「今は特には。元々そんなに親しくしている人はいませんでしたし。みんな会社に入ったら疎遠に……」

「そう。じゃ、俺が立候補しようかな」

「え？」

「花澤くんのトモダチに、さ。俺ね、騒がしい子はそんなに好きじゃないんだ。花澤くんは何にでも感動するし、スレてないし。絵のこともよくわかってくれてるし。俺の話もよく聞いてくれて、柔順だし。いいよね」

真っすぐに見つめられて居心地が悪くなる。

真っすぐ見られるのが苦手、と言い難いから俯くと、「照れなくてもいいよ」と言われた。

「食べたら、写真展に行こうね。小さい会場だけど、友人がやってるんだ」

「写真家のお友達もいらっしゃるんですか？　凄いなぁ、お顔が広いんですね」

俺が言うと、彼はにっこり笑った。

「思った通りの反応でいいね」

「え？」

「いや、こっちの話。素直に『凄い』って言ってくれて嬉しいのさ」

「だって凄いですよ。展覧会するようなカメラマンの方とお友達なんて」

黒木さんは社交的な人なんだな。

お友達がいっぱいいて。

「一応これ、フライヤーね。実は俺も一時期写真やってたんだよ」

「へぇ……」

「加工写真で、写真に着彩してイラストっぽくするんだ。あとマスキングシート使ってスプレーで着色したりね」

「へぇ……」

食事の間中、彼はずっと話をしてくれた。

黒木さんは美大の出で、洋画で入りたかったけど、競争率が激しいので日本画で入ったのだとか。日本画も油彩も、展覧会で賞は取ったけど、仕事がないのでイラストに転向したとか。

その頃から始めたサーフィンにハマッて、結構な腕前だとか。

写真をやったのも学生時代で、カメラを持ってるとモテるんだよ、とか。

俺の全く知らない世界。

知らないことを知るのは楽しいので、ずっと彼の話を聞いていた。

俺には話すほどのことがないので、専《もっぱ》ら聞くばかりだったけれど、黒木さんは嫌な顔一つしなかった。

彼の二杯目のワイングラスが空になったところで店を出て、歩いて展覧会の会場へ移動する。

場所は、画廊のようなところで、広いスペースに大きなパネルが飾られ、入ってすぐに受付、その後ろにベンチ型のソファが置かれ、菓子なども用意してあった。

黒木さんはその休憩スペースみたいなところにいたカメラマンの人と親しく挨拶を交わし、話し込んでしまった。

「久しぶり」

「結構いい感じじゃないか」

「いやまだまだ」

「そういえば、木内がウェイザム誌に載ったの知ってるか？」

「あいつも来たよ。昨日」

「へえ、そうなんだ」

友人らしい会話。

今度は紹介されることもなかったので、邪魔をしないように一人で中を見て回った。

写真は植物の接写写真で、花に溜まる朝露《あさつゆ》とか、蓮《はす》の花の中のカエルとか、葉裏に止まる昆虫とか、とても綺麗なものだった。

嫌いじゃないな、こういうの。

順路通りにぐるり回る。

他にも客はいて、主に女性が中心だった。

結構時間をかけて回ったが、一巡して戻ってきても、黒木さんはまだカメラマンの人と話をしていた。

もしかしたら、俺が一人でゆっくり回れるようにしてくれたのかな？

それとも、忘れてしまうくらい久しぶりの友人だったのだろうか？

声をかけていいものかどうかわからず、取り敢えず入口で売っていたポストカードを、何枚か買ってソファに腰を下ろした。

受付にいた女性が気を遣って紙コップに入ったコーヒーを出してくれたので、それを飲みながら、置かれていた雑誌を手に取った。

雑誌には、付箋《ふせん》が貼ってあり、どうやらこのカメラマンの撮った写真が掲載されているもののようだった。

しばらくパラパラと雑誌に目を落としていると、ようやく黒木さんが気づいてくれた。

「ごめん、放ったらかしにして」

「いえ、お友達とお会いになるの、久々だったんでしょう？　俺はゆっくり見ましたから。黒木さんも見て回られるんでしたら、ここで待ってますよ」

「悪いね」

「いいえ」

「すぐ戻ってくるよ」

彼が見て回って来るくらいならば待ってられる。そう思って言ったのだが、やはり気になったのだろう、彼は速足で会場をぐるりと回ると、すぐに戻ってきた。

「もっとゆっくりしてらしてもいいんですよ？」

「いや、どうせパンフレットに載ってるものだし、それを買うからいいよ」

「パンフレット、置いてました？」

「気づかなかった？」

「ポストカードしか」

「じゃ、花澤くんの分は俺が買ってあげるよ」

「いいえ。とんでもない。自分で買います」

「放っておいたお詫びだ。君じゃなかったら『何やってる』って怒られるところだし。パンフぐらいで済むなら安いもんだ」

「いえ、本当に……」

でも黒木さんは気が済まなかったのか、もたもたしている俺を置いて、受付でパンフレットを二冊買うと、一冊を俺に差し出した。

「はい、どうぞ」

「すみません……」

「いいって。退屈だったろう、一人で」

「いいえ。面白かったです。嫌いじゃないんです、こういう写真」

「やっぱり花澤くんはいい子だね」

「え？」

「俺を優先してくれる」

「そんな……」

「もう一度あいつに挨拶してくるから待ってて。そうしたらすぐに出よう」

「あ、はい」

結局、ここではカメラマンの友人に紹介されることはなく、彼は友人に別れを告げると俺を伴って会場を後にした。

たっぷりと時間をかけて昼食を摂り、ゆっくりと展覧会を見て回ったせいで、外へ出ると、もう空は暗くなり始めていた。

「今日はつまらなかっただろう。ごめんね」

来た時とは違う裏道を通りながら、黒木さんはもう一度謝罪した。

「え？　どうしてですか？」

「ずっと放っておかれて」

「いいえ、どうせ展覧会は一人で見るものですし、珍しいところへ連れてきていただいて感謝しているくらいです」

「そう？」

「はい」

「この後、どうする？」

「お任せします」

「うーん……、じゃあ君の部屋へ行ってみたいな」

「俺の部屋ですか？」

「うん。いいだろう？」

「それはダメです」

俺は慌てて手を振った。

「どうして？」

「だって、俺の部屋なんて狭いし、片付けてもいないし……。他人を家の中に入れたことがないんです」

せっかく言ってもらったのに断るのは申し訳ないと思って、また目を伏せる。

すると彼は俺の腕を取って歩きだした。

「じゃ、他人じゃなくなろう」

「え？　黒木さん……っ？」

強引に引っ張られ、裏道をどんどん進む。

俺はこんなところへ来たのは初めてだったが、彼はこの辺りをよく知っているのか、どんどんと歩いてゆく。

「黒木さん！　どこへ」

「恋人が行くところさ」

恋人同士が行くところって……。

公園？　喫茶店？　映画館？

俺の想像ではその程度だったのだが、黒木さんが連れて行ったのは、全然違う場所だった。

人気《ひとけ》のない裏通り。

突然現れる大きな石造りの建物。

レストラン……？　お昼をたっぷり食べたから、まだお腹は空いていないのに、と思った時、玄関口の看板が目に入った。

『HOTEL　ILINX』

ホテル、イリンクス……。

ホテル？

「黒木さん、ここ……」

彼は俺の腕を離さず、そのまま自動ドアをくぐって建物の中に入ってしまった。

ホテル。

こんな都心の裏通りにあるホテルって、やっぱり普通のホテルじゃないよな？

ロビーには大きなソファが置かれているが人影はない。

フロントカウンターは窓口状に上半分が隠されていて、ホテルの人間と客が顔を合わせることがないようになっている。

更に、そのフロントの横にある、部屋の写真が並んだ自動販売機のようなパネル。

これってやっぱり、ラブホテル？

「く……、黒木さん……」

男二人でこんなところに入っていいものなのか？　誰かに見られたら……。

俺は彼のジャケットの裾を引っ張って注意を促した。でも彼は気づかなかったみたいで、パネルのボタンを押してカギを取り出すと、それを持ってまた歩きだした。

「黒木さん、待ってください」

「ん？　何？　他の部屋がよかった？」

「そういう問題じゃなくて、こんなとこに……」

何をしたわけでもないのに、恥ずかしくなってきて顔が赤らむ。

「ラブホテル、初めて？」

「初めてです。っていうか、男二人でなんて……」

「今時はそう珍しいことじゃないだろ？」

そんなに軽く言われても。

「初めてなら、取材と思って観察するといいよ。ここの部屋はみんなそこらの高級ホテルより凝ってるから」

「そういうのじゃなくて……」

恥ずかしさで、だんだん声が小さくなる。

もしかして、俺には理解できないジョークなのかな。それとも今言ったみたいに、取材のつもりなのかな。

俺をラブホテルへ連れて来るなんて、他に考えられないもの。

抵抗していいのかどうかもわからないうちに、エレベーターに乗り、三階で降りて一つの部屋に入った。

「う……わ……」

思わず声を上げてしまうほど、部屋は綺麗だった。

ラブホテルに入るのは初めてだけれど、自分の中のイメージでは、真っ赤な照明とか、鏡張りの天井とか、丸いベッドだと思っていた。

けれど入った部屋は、バリ島なんかのリゾートホテルみたいに、インテリアは白と茶の落ち着いた雰囲気。

観葉植物が置かれ、温かみのある間接照明、床もダークブラウンのフローリング。大きなダブルのベッドもシンプルで、ベッドヘッドには大きなアンセリウムのシルエットが彫られていた。

「凄い。これならホントに取材する価値がありますね」

何だ、やっぱり取材だったのか。

「取材もいいけど、入った目的はちゃんと果たそうか」

「目的？」

「ラブホテルの目的と言ったら決まってるだろう？」

立ち尽くして部屋を堪能していた俺の肩に黒木さんの手が置かれる。

「ここで他人じゃなくなろうって言うんだ」

「ち……、ちょっと待ってください！　そんなのだめです！」

「どうして？　俺が嫌い？」

「嫌いじゃないですけど……、そういうことをするほど好きじゃありません」

逃げようとした身体に腕が回って、くるりと返される。

向かい合った黒木さんの顔には笑みがあった。ギラギラした飢《う》えた感じはない。からかわれてるのかどうなのか、その表情からは判別がつかなかった。

「身体から始まる関係っていうのもあるよ？」

「無理、無理、無理。無理ですっ！」

「一度寝てみれば、相性がいいかもしれないよ」

寝る！

寝るって、するってことだよな？　そんなの絶対無理。

「言っただろう。俺は花澤くんが可愛いと思ってる。君のことが好きなんだ。だから遊びじゃない。君が俺を嫌いじゃないなら、いいだろう？」

「む……」

無理です。そんなこと考えられません。

そう言おうとした唇が、近づいた黒木さんの唇でいきなり塞《ふさ》がれる。

生まれて初めてのキス。

これがキス。

「ンン……ッ」

驚いてる俺の唇をこじあけるように舌が差し込まれる。

生き物のように蠢《うごめ》く舌は深く入り込み、俺の舌に絡んだ。

逃げようとした頭はがっちり彼の手でホールドされ、腰も捕らえられてしまう。

舌が更に深く入り込むから、自然と唇が開く。けれど口の中を舌が塞いでいるから呼吸ができない。

必死で鼻で呼吸しながら、彼の舌にされるがままになってしまう。

彼の唇も大きく開き、まるで食べられてるみたい。

舌って、こんなに熱くて柔らかいんだ。

肉厚で、自在に動いて……。

尾てい骨の辺りがムズムズして、力が抜ける。

「どう？」

黒木さんが唇を離し、腕の力を抜いてくれた瞬間、俺はヘナヘナとその場に座り込んでしまった。

「花澤くん？」

「た……てないです……」

頑張って鼻で呼吸したのに、息が苦しい。

心臓がバクバクいってる。

「ひょっとして……、花澤くん、童貞《どうてい》？」

問われて、俺は顔を真っ赤にした。

そりゃ今時二十歳も過ぎてて未経験なんて珍しいかもしれないけど、人付き合いが苦手で人に掴まれたり見つめ合ったりすると緊張してしまうような自分に恋人ができるわけがない。

ましてや水商売のお店なんて、ヘルスどころかキャバレーやクラブにさえ一歩も足を踏み入れたことがないのだ。

「そうか。ごめん、ごめん。いきなりラブホテルじゃ刺激が強いよね」

彼は笑って座り込んだ俺に手を差し出した。

「立てない？」

涙目で頷くと、黒木さんも俺の目の前にしゃがんで目線を合わせる。

「ごめんね。本当に悪かったよ。謝るから嫌いにならないで」

「嫌いって……」

「うん。俺はホントに君のことが好きなんだ。もっと親しくなって、お互いの家を行き来できるくらいの仲になりたいんだ。でも今のは急ぎ過ぎたよね。ひょっとしてキスも初めてだった？」

　唇を噛み締め、もう一度頷く。

「そっか。でもこれで君の『初めての男』は俺だな」

「初めての男って……」

「初めて一緒にラブホに入って、初めてキスした『男』」

「う……」

　その通りだけど……。

「もうこれ以上のことはしないから、このことは誰にも言っちゃダメだよ？　まあ喫茶店にでも入ったつもりで、コーヒーでも飲もう。ここはコーヒーマシンが置いてあるんだ」

　黒木さんは、俺を置いて立ち上がり、入口の近くにある冷蔵庫の上のマシンでコーヒーを作りだした。

　立ち上がらなければ、と思うのだけれど、足に力が入らない。

　黒木さんが俺を好き……。

　キスするほど好き。

　そんなの、信じられない。

　コーヒーを淹れている背中に目を向ける。

背が高くて、かっこよくて、自信に満ち溢れていて友人も多いこの黒木さんが、俺なんかを？

でも口の中には、確かにまだ彼の舌の感触が残っていた。

「まだ立てない？」

コーヒーを淹れた黒木さんがカップを近くのテーブルの上に置き、また俺の方に近づいてくる。

「力が……」

と答えると、いたずらっぽくにやっと笑った。

「じゃ、抱き上げてあげようか？」

「い……、いえ。大丈夫です！」

これも冗談かもしれないが、もしかして本気かもしれないと、速攻断った。

「ふふ……、可愛いねぇ、真っ赤になって。じゃあ、手だけでもどうぞ」

差し出された手を取り、何とか立ち上がってテーブルにつく。

「それじゃ、落ち着くために、色気の無い仕事の話でもしようか？　三枝出版の仕事、花澤くんはもう何かを選んだ？」

「まだ決定じゃないですけど……」

視界の中に大きなベッドがあり、記憶と感覚にさっきのキスの余韻がある中で、どんな会話をしても、落ち着くことなどできなかった。

黒木さんが話しかけてくることに答えるだけで精一杯で、会話の中身もよく理解できなかった。

ようやく少し頭が戻ってきた時には、何故か水曜の夜にまた会うことになっていた。

「今度は普通のレストランで夕飯を食べるだけだから。俺達、恋人になったんだし、デートは重ねないと」

という言葉と共に……。


恋人……。

男同士で恋人。

世の中にそういう人達がいっぱいいるのは知っている。

公共機関でも、その存在を認めることがニュースになってるくらいだ。

それが我が身に降りかかるとは思っていなかった。

誰かを好きになっても、恋愛にまで発展したことなどなかったから。

心のどこかで、自分なんかが恋をしたって愛されるわけがないと思って、本気になる前に諦めてしまうから。

でも今度は向こうから、だ。

先に相手が自分に気持ちを向けてくれているのなら、恋愛に発展するのだろうか？

黒木さんは、どう見てももてる人だ。

外見はかっこいいし、友人が多いのも見てきた。その彼が、俺を好きだというのが信じられない。

でも、全然好きじゃない人に、あんなキスができるだろうか？　ラブホテルに連れ込むだろうか？

もし本当に彼が俺を好きなら、本当に俺達は恋人になったのだろうか？

恋人って、どうするものなんだろう？

恋愛ってこういうものなのだろうか？

月曜になって、出社しても、頭の中は黒木さんのことでいっぱいで、頭がぽやぽやしていた。

仕事に集中できず、すぐに手が止まってしまう。

無意識に指が唇に触れる。

「どうした、花澤。手が止まってるぞ」

すると、やはりそれを指摘されてしまった。

「どっか具合が悪いのか？」

土佐さんだ。

彼は淹れてくれたコーヒーのカップを差し出した。

「あ、いえ。あの考え事で……」

それを受け取って、土佐さんの顔を見る。

「考え事？」

土佐さんも、かっこいい人だよな。

立体造形で力仕事もするから、筋肉もあるし。

俺は土佐さんのことは好きだ。でも土佐さんと恋愛できるだろうか？

この人とキスを……。

「おい、花澤。大丈夫か？」

「え？　はい。大丈夫です」

「またボーッとしてたぞ。悩み事なら、相談に乗ろうか？」

相談……。

「土佐さん、恋人います？」

「恋人？　ああ、まあ一応付き合ってるやつはいるけど」

「俺……、恋人ができたらしいんです」

「『できたらしい』って、お前。どうして『らしい』なんだ？」

「はあ……。あの……。相手に『恋人だね』って言われて……」

キスのこととかラブホのこととかも訊こうと思ったのに、次の言葉を発する前に、パカーンと頭を殴られた。

殴ったのは土佐さんではない、クレイブさんだ。

「何バカなこと言ってんだ。『恋人だ』って宣言されたからって、恋人になるわけじゃねぇだろ。そんなんで言えば、俺が土佐の恋人だって言ったら、俺と土佐が恋人になると思ってんのか？」

いつのまにか背後に立っていたクレイブさんは、苛立った様子で俺を怒鳴《どな》りつけた。

今日は機嫌が悪い日みたいだ。

「ああ？　答えてみろ」

「いいえ……、思いません」

「一応常識は残ってるみてぇじゃねえか。どうせどっかの女にカモられたんだろ。お前みたいにボーッとしてるヤツが、モテるわけないんだからな」

「クレイブさん、そりゃ言い過ぎでしょう。花澤だって可愛いじゃないですか」

「顔立ちが可愛くたって、中身がボーッとしてたら意味ないだろ。注意力散漫で、トロいんだよ」

「いやそれはおっとりしてていいっていうか……」

土佐さんはフォローしてくれるが、俺はクレイブさんの言葉の方に頷いてしまった。

そうだよな。俺みたいにボーッとしてる人間を、突然好きだなんて言ってくれる人はいないよな、と。

「いいか、絶対その女はお前に『あれ買って』だの『これ買って』と言い出すからな。うちの仕事を安く受けてとか言い出しても、下心はお前に向いてるわけじゃない証拠だ。さっさと別れてしまえ」

「クレイブさん、それは言い過ぎじゃ……」

「仕事中にボーッとしてるようなヤツには当然の言葉だ。女のことなんか考えてないで、ちゃんと仕事しろ」

捨てゼリフのようにそう言うと、クレイブさんは奥の自分のデスクに向かった。

途中、振り返ってお菓子を俺に投げ付けて。

「何投げられたんだ？　当たったか？」

「レモンダックワーズです。お菓子だから大丈夫ですよ。いつも余りとか、食べかけとかくれるんです」

「そういうのじゃないのにな」

「残飯処理じゃないと思います。多分」

いつも彼がくれるのは食べかけだとか余りばかりだけど、『不味《まず》いから』と言って渡されたもので不味かったものは一つもなかったのだ。

これもそうだ。

「これ、外のカフェで売ってるんですけど、俺好きなんです」

「そうか？　ならいいが」

もしかしたら、クレイブさんは人に優しくすることに照れがあるのかも。

だからいつもあんなふうに口が悪いだけなのかも。

「花澤。ちょっと外出ようか。コーヒーに付き合ってくれ」

たった今、彼がコーヒーを持ってきてくれたのに？

でも土佐さんの目配せで、その真意がわかった。

「はい。行きます」

ここではまずいから、外で話を聞いてくれる、というのだ。

俺はダックワーズをデスクの引き出しにしまい、立ち上がった。

この建物の一階に入ってるカフェは、ほぼうちの事務所の応接室のようなものだった。

ガラス張りで、フローリングで、白を基調とした店は、俺が通うお店の中で、一番オシャレなところだと思う。

クレイブさんが話をつけてあるのか、いつも店の一番奥のテーブル席が予約になっていて、自由に使えるようになっている。

午前中とあって、店には客は少なかった。

俺は珍しくココアなんぞを買って、板張りのフロアを進み、パーテーションで仕切られた丸テーブルの席に腰を下ろした。

土佐さんは、コーヒーだ。

「で、社長じゃないけど、相手はどんな女なんだ？　どこで出会ったんだ？」

その切り出し、答えにくいな……。

「あの……、男の人なんです」

「男？」

思った通り、土佐さんは驚いた顔をした。

「はい……。やっぱり、おかしいですよね？」

「いや、おかしいっていうか……。花澤は女より男が好きなのか？」

「考えたこともないです」

「でも、その男が好きなんだろう？　男だから悩んでるってことか？」

パーテーションがあるから、声は外に聞こえないだろうに、土佐さんは声を潜《ひそ》めた。

俺は甘いココアで喉を湿らせてから、本当の気持ちを吐露《とろ》した。

土佐さんなら、酷いことは言わないだろうし、頼りになる『お兄さん』だから。

「俺は……恋愛ってまだよくわかんないんです。したことなくて。相手はまだ会ったばかりの人で、同業者なんですけど」

「同業者？　名前は？」

「黒木さんっていうイラストレーターさんで、この間受けた三枝出版の仕事の説明会で会って……。昨日、写真展に誘われて一緒に行ったので会ったのは二度目です。メールとかは色々来ましたけど」

「うん」

質問を挟まれると言葉が止まってしまう俺のクセを知っているから、土佐さんは何か言いたそうな顔はしていたが、何も問いかけずに頷いた。

「そこで好きだって言われて、恋人になろうって言われて……。その……、ラブホテルに連れて行かれて……」

「ラブ……！　それで、何かされたのか？」

「あ、いえ、その……、そういうことが平気な人だったみたいで、恋人なら当然と思ってただけで、俺が初めてだって知ると何にもしないで話だけして帰ってきました」

自分と彼の名誉のために、そこだけはちゃんと説明した。

「ただ、俺、今も言ったんですけど、恋愛とかわからなくて……。彼のことは凄いなって思うんですけど……。彼のことを考えると、ドキドキはするんです。でもはそれは……いきなりキスされたからかもって……」

「キスされたのか」

また土佐さんは目を見開いて驚いた。

「……はい。それで俺達恋人同士って言われて……。恋愛ってこういうものなのかな、恋人ってこんなふうになるものなのかなって……」

土佐さんは口をへの字に曲げて黙ってしまった。

やっぱり、変な相談だろうか？

それとも、さすがの土佐さんでも、いきなりキスされたりラブホテルに連れ込まれた俺を怒ってるんだろうか？

沈黙の後、土佐さんは長いため息をついて額に手を当てた。

「あー……、恋愛っていうのは、色んな始まり方があるから、それがダメとは言わない。そういう始まりもあるかもしれない。だが、それが花澤となると話は別だ」

「俺だと……？」

「もしかして、そのキスってのはファーストキスだったんじゃないのか？」

図星を射されて顔が赤くなる。

「やっぱり……。俺としては、そういうことを確かめもせず、確かめたとしても本人の意思を確認もせず、キスしようとする輩は信用ができない」

「二十歳を過ぎてれば、経験済みだと思ってたのかも」

「それでも、だ。経験してるから勝手をしていいってことじゃない。相手が女の子だったらって考えればお前だってそう思うだろ？」

「……そうですね」

確かに、我が身を女の子に置き換えると、結構なことをされてる。でも俺は男だし。

「その黒木って男から何か頼まれたか？」

「いいえ」

「仕事譲れとかって話は？」

「出てない……、と思います。仕事の話はしましたけど」

土佐さんは座り直して俺を見ると、身を乗り出した。

「いいか。お前はまだ恋愛の経験が薄い。だから強引に出られれば勘違いで流される可能性もある。もしかしたら、その男は本気でお前を好きになったのかもしれない。世の中には一目惚れって言葉もあるしな」

正面から見られるから、緊張してまた俯く。

どうしてだか、黒木さんに『好き』って言われた時よりも、こうして誰かに見つめられることの方が、恋愛のドキドキに似てるような気がした。

「だが、強引にするのはルール違反だ。お前がちゃんと恋愛したいんなら、相手にちゃんと言うんだ。『まだあなたが好きかどうかわからない。だからもうキスとかしないでください』ってな。それでも強引にしようとするなら、それは恋愛じゃない」

「キスしたいのは恋愛じゃないんですか？」

「相手の気持ちを無視して一方的に押し付けてくるのは肉欲だ」

肉欲……。生々しい言葉だなぁ。

「ちゃんと相手が好きになったら、花澤の方からキスしたいなって思うようになるさ。こう……、抱き締めて欲しいとか」

「そうなんですか？」

「そうだ」

土佐さんはきっぱりと言い切った。

彼がこんなにはっきり言うのなら、きっとそうなんだろう。

「次にそいつに会うのはいつだ？」

「水曜に、一緒に夕飯をしようって。今度はちゃんとしたレストランを選ぶって言ってました」

「……一応の節度はあるってことか。本気かどうかわからんなぁ」

そう言って、彼はバリバリと頭を掻いた。

土佐さんにもわからないんだ。それなら俺がわからないのも当然だな。

「にしても、お前、初恋もまだなのか？」

「……すみません」

「いや、謝ることじゃない。男がイケるなら、俺とか……クレイブさんとかにときめいたりしたことは？」

「土佐さんはお兄さんみたいな存在ですから。クレイブさんは……」

頭の中に彼の顔が浮かび、すぐに打ち消す。

「憧れてますけど、遠い人ですから、そんなこと畏《おそ》れ多くて……」

「畏れ多いか。でもまあ、可愛いところもあるし、優しい人だけどな」

「怖いって意味じゃないです。優しい人だっていうのは俺もわかってます。…でも、可愛いところはわかりません」

「うんまあ、それはきっとまだお前にはわかんないだろうな」

土佐さんみたいに年が上だと、あのクレイブさんまで可愛く見えるのか。それなら、黒木さんが俺を可愛いって言うのも少しわかる。

俺が子供みたいってことなんだろう。

「心配だから、これからもその男のことは俺にちゃんと報告するんだぞ」

「報告、ですか？」

「悪い意味じゃなくて、お前は子供みたいに無垢《むく》なところがあるから心配なんだ。変な男に騙《だま》されやしないか、とな」

「変な男、ですか？」

「ああ。お前が女の子で、俺の妹だったら、絶対に今から殴りに行ってるところだ」

真面目に言ってるのがわかるから、俺は笑ってしまった。

「土佐さんに妹さんがいたら大変そうですね」

「当然だ。ま、女じゃなくても、妹じゃなくても、心配に変わりはないがな。お前には、もっと、お前を一途に思ってくれて、『好き』って言えなくて悶々《もんもん》としてるヤツの方がいいと思うぞ」

「『ヤツ』？　男限定ですか？」

俺が笑うと、土佐さんもそれもそうだと笑った。

「で、根本的な質問だが、花澤は相手が男でも恋愛できるのか？」

「わからないですけど……。俺なんかを好きって言ってくれる人は、男性でも女性でも嬉しいです。それが真剣なら、もっと嬉しいです。恋愛は……、やっぱりまだわからないですけど」

「そうか。それじゃやっぱり、その男にはもうキスしないでくれって言うんだな。文句言われたら、先輩から命令されたって言っておけ」

「言えませんよ。こんなこと話したなんて」

「迷ったから相談した。それは悪いことじゃない。後ろにおっかないお兄さんがいるっていうのは、いい牽制《けんせい》になる。何だったら、俺にも紹介しろ」

「訊いてみます」

土佐さんは最後に俺の頭を撫でて、苦笑した。

「ま、俺はお前の味方だ」

と言って。


土佐さんの忠告を受けて、水曜に黒木さんに会った時、俺は勇気を出して彼に告げた。

「俺は……、まだ黒木さんに恋をしてるかどうかわかりません。好きか嫌いかと言われれば、好きです。黒木さんはかっこいいし、イラストも綺麗だし、社交的だし。俺なんかと付き合ってくださって嬉しいと思います。でも、恋は別なので……。もうキスはできません。ああいうところにも行けません。どうか、わかってください」

食事を始めたレストラン。

手や背中に汗をかいて、言葉に詰まりながら必死で口にした。

怒りませんように。

誤解されませんように、と。

黒木さんは一瞬ポカンとし、笑い出した。

「花澤くんは真面目だなぁ。うん、いいよ。じゃ、お友達からってことで」

「い……、いいんですか？」

「その代わり、友達としては一番に置いてもらおうかな。もっと会って、もっと色んな話もしよう」

「俺、話は苦手で……」

「じゃ、君の絵を見せてよ。絵は雄弁《ゆうべん》に気持ちを語る。花澤くんの絵を見れば、君のことがもっとよくわかると思うんだ」

「はぁ……」

「でも、人を部屋に入れるのは苦手なんだよね？　じゃ、今度先に俺の部屋に来る？」

「黒木さんの？」

「色んな画集があるし、俺の絵を見せてあげるよ」

「でも……」

俺がためらうと、彼はすぐにその理由に気づいた。

「二人きりになっても、絶対変なことはしないって約束するよ。次にキスするのは、君がしてもいいって言った時にする。ラブホテルにも連れ込まない」

「それでもいいんですか？」

「もちろん。花澤くんとは長く付き合いたいからね」

よかった……。

もっともめるかと思った。

ちゃんと話を聞いてくれるなんて、黒木さんは本当に俺のことを好きになってくれたんだろうか？

「黒木さんは……、どうして俺なんかを好きって言ってくれるんです？」

「それ、前も訊いたよね。本当に自信がないんだね」

食事の途中だけど、彼はタバコを取り出して、咥《くわ》えた。

「君のいいところはね、素直なところだよ。だから変な駆け引きとかしないで、俺を疑わないで。それから、絵の才能も認めてる。俺達、絵が似てるって言っただろう？　だから恋人になれば、互いにリスペクトできると思うんだよね」

「俺なんかの絵をリスペクトですか？」

彼はにっこり笑って煙を吐き出した。

「君の絵には未熟なところがあるけど、俺はいいと思ってるんだ。後になって気づいたんだけど、以前も君の絵を他所《よそ》で見たんだ」

「そうなんですか？」

「グリットっていう劇団のフライヤー、やってただろう？」

「はい。ずいぶん前ですけど」

グリットはそんなに大きい劇団じゃなかったのに。この人は情報を収集することに貪欲《どんよく》なんだな。

俺みたいに家に籠もって描くタイプからは尊敬してしまう。

「本当に色々見てるんですね」

「ん？　ああ、まあね。気に入ったものだけだよ」

「でも凄いです」

「そう？」

土佐さんの言葉を思い出して、事務所の先輩が黒木さんに会いたいと言ってた、と言ってみた。けれど黒木さんは「辞退するよ」と笑った。

「まだ友達だからね。本当の恋人になったら考えるよ」

食事が終わると、そのまま別れるはずだったのだが、黒木さんは突然家に寄らないか、と言い出した。

「何にもしないって、すぐに証明できるし、君に俺の部屋を見てもらいたいんだ」

断ろうかどうしようかと悩んでいる間に、彼の車に乗せられ、俺は黒木さんのマンションへ連れて行かれてしまった。

俺の総戸数の少ないマンションと違い、黒木さんのマンションは高層の、最新式の暗証番号でエントランスに入る、高級なところだった。

「いつもは部屋にいても玄関のカギはかけるんだけど、今日は開けっ放しにしておくよ」

そう言って中へ招き入れてくれた。

部屋は2LDKで、一部屋が俺のところよりも広い。

玄関先には海の写真。壁には彼のイラストが飾られ、リビングには大型テレビとスタンド型のオーディオ。天井近くにはそれ専用のスピーカー。

革張りのソファが置かれ、明かりもシャンデリアみたいな凝った照明だった。

「凄い……、豪華な部屋ですね」

「そんなことないよ、普通の部屋だろ」

「ここで普通って言われたら、俺の部屋なんて……」

「君より俺のが年上なんだから、稼いでないとね。コーヒーでも飲む？」

「そんな気を遣っていただかなくても……」

「食事したばかりだからお腹いっぱいか。じゃ、そこにある画集でも見るかい？　洋書ばっかりだけど」

「はい」

俺も持ってる画集もあったが、見たこともない画集もいっぱいあった。

アメコミの本とか、海外の絵本とか。つい熱中して見てしまう。

「あんまり遅くならないうちに帰った方がいいから、十一時になったら声をかけるよ。俺はそれまで仕事してるから。一人の方がゆっくり見られるだろう？」

本棚の前に座り込んでしまった俺を見て、彼は笑いながらそう言った。

やっぱり、この間の写真展の時も、俺が一人で見て回れるように放っておいてくれたのかも。

彼がいなくなっても、俺はソファの裏側、本棚の前にはまり込み、じっと画集を見耽《みふけ》った。

大体は、俺が見たことがないだけで、大きな出版社のものだったが、一番下の段の端っこに、一冊のファイルが置かれていた。

何だろうと思って引き抜いてみると、それは彼がレストランで言っていた、劇団系のフライヤーだった。

それだけじゃない。地方の、地元の人達の展覧会のパンフや、学生の学園祭の手作りのパンフなどが、整理されずぎゅうぎゅうに詰まっていた。

こうやって、目に触れるもの何でも資料にしてるんだな。

整理されていないものだから、ファイルはあまり開かずに元へ戻した。

ラブホテルの時のように、また何かされるかな、という不安が少しあったけれど、結局十一時に声をかけてくれるまで、黒木さんは姿を現さなかった。

十一時になると、そろそろ帰った方がいいだろうと車で俺のマンションの前まで送ってくれた。

「ここが君のマンションか。今度は呼んでくれたら真っすぐに来られるな。で？　いつ呼んでくれる？」

「え……、それは……」

「明後日の金曜はどう？　三枝出版の仕事も、金曜までには送るだろう？　それが終わったらゆっくりできるんじゃないか？」

黒木さんの部屋にはお邪魔したし、彼は約束通り変な素振りを見せなかった。

一緒にいて楽しいと思うのだし、部屋に招くくらいいいじゃないか。

「わかりました。じゃ、金曜の夜に」

「うん。じゃ、またメールするね」

俺が返事をすると、彼は俺を降ろして帰っていった。

走り去る車を眺めながら、小さくため息をつく。

黒木さんが本当に俺を好きかどうか、まだ信じることはできなかった。

彼を疑うわけではないけれど、恋愛というには少し違う気がするのだ。恋愛のことがわかってるわけじゃないけれど。

恋愛の好きって、あんなにあっさりしてないんじゃないだろうか？　黒木さんは慣れてるからあまりガツガツしてないのかもしれないけど。

信用しきれなくても、彼が俺に親切にしてくれたことに違いはない。俺の言葉もちゃんと聞いて、約束も守った。それなら、俺も彼に対してちゃんと向き直らないと。

何より、俺を好き、と言ってくれた人なのだ。

彼と、友達から始めよう。

恋人になるかならないかはわからないけど。

「部屋、掃除しなくちゃ」

大家でもあるクレイブさん以外、部屋に人が来るのは初めて。いわば彼は初めてのお客様だと思うと、今から緊張した。

嫌われないように、ちゃんとしないと、と……。

金曜日。

週明けには三枝出版のラフの提出期限なので、宅配便で出して、送ったことを担当にメールした。

一応伝票番号も記して。

色々悩んだのだけれど、クレイブさんのアドバイス通り、テーマは宝飾と海の生き物を選んだ。

これで、どちらかが採用されれば、ラフをベースに本格的な仕事に入るし、両方とも没だったら、新しく与えられるテーマを一からやることになる。

決定が出るのを待つだけだ。

今日、黒木さんを部屋に呼ぶことは、土佐さんにだけ話しておいた。

土佐さんの忠告通り、もうキスはしない、ラブホテルも行かないと告げたこと。水曜に彼の部屋へ行ったこと、そこでは何もされなかったし、これからもしないと約束してくれたことも。

土佐さんは、それならまあ仕方がないか、と言ってくれた。

渋々、といった様子で。

クレイブさんは、女と別れたかと訊いてきた。

女性とは付き合ってません、と言うと、この間の話は男性のことですと言う前に満足して離れて行ってしまった。

彼にも、話をしておいた方がいいでしょうか、と土佐さんに相談したが、土佐さんは、必要があれば俺から言っておく、と後を引き受けてくれたので、俺からは何も告げなかった。

仕事は定時で上がって、下のカフェでケーキを買って、部屋に戻る。

部屋は、昨日ちゃんと片付けた。

ケーキも買ったし、話題も幾つか用意した。

もうマンションはわかってるから直接行くと言われていたので、部屋で彼が来るのをそわそわしながら待った。

約束の時間から五分ほど遅れてやってきた黒木さんは、俺の部屋を見て「花澤くんらしい部屋だ」と言ってくれた。

「きちんと片付いていてて、清潔な感じだ」

そんなふうに言われると、慌てて片付けたことが恥ずかしい。

「あの、お嫌いでなければケーキを買ってあるんですけど……」

「わざわざ？　嬉しいな。じゃ、いただこうかな。あ、飲み物はコーヒーで」

「はい」

うちにはソファがないので、黒木さんはテレビの正面に座った。

「奥の部屋は？」

「寝室です」

「じゃ、開けるわけにはいかないな。仕事はここでするの？」

「はい。道具とか広げて」

コーヒーを淹れ、ケーキをちゃんとお皿に載せて、テーブルに並べる。

「もう少しこっちへおいでよ」

離れて座ると、腕を取られて引き寄せられる。

「悪いコトはしないから」

「でもあんまりくっついてると邪魔じゃないかと……」

「そんなことないさ。話をするなら近い方がいいだろう？　三枝出版のラフ、出した？」

「はい」

その話は、用意していた話題の一つだった。

「表紙のイラストと、中身の草案《そうあん》を描いて出しました」

「中身の？　でも中身は別の作家が描くんだろう？」

「でも、中表紙とか、活字の字体とかインクや紙の色は指定できるかなって。ダメかもしれませんけど」

「そうか……、そうだね」

「黒木さんは書かなかったんですか？」

「装丁は初めてだから。この間説明してくれた時に教えてもらえばよかったな」

「すみません……」

「怒ってるわけじゃないよ。俺が気づかなかったって言ってるだけさ。で？　どんなふうにしたの？　もう提出したなら教えてくれるだろう？」

黒木さんはまだ提出してないのだろうか？

月曜が締め切りだから、会社に直接持って行けば間に合うけど。

「せっかくの忠告だから、追加で持ってってみたいんだ。でも君が使ったものは使わないようにしないといけないから」

そういうことか。

「宝飾の方は、内扉にラメインクを使おうかと。箔押しのレインボーもいいかなと。何冊かシリーズで出すなら、マークを決めて統一感を持たせたくて」

俺は自分のアイデアを口にした。

でも、上手く説明することができなくて、一通りのことを言い終えると、すぐに言葉が止まってしまった。

本当なら、黒木さんはどんな装丁にしましたか、と訊く予定だったのだが、彼がイラストだけしか送っていないと知って、会話はそれ以上発展しなくなってしまった。

次に用意していた話題は、この間見せてもらった画集のことだったのだが、どの本のことを話そうかと悩んでいると、彼の方から口を開いた。

「話が苦手なら、絵を見せてくれる？」

「あ、はい」

「それで君のことをもっと知りたいから。花澤くんの言う通り、恋人になるにももっと君のことを知らないとね」

「また恋人だなんて……」

「本気さ」

「もういいです」

俺は赤くなった顔を隠すように立ち上がり、本棚から今までの仕事の原稿を取り出して見せた。

パソコンで描いたものもプリントアウトして、ちゃんとファイリングしてあるのだ。

それは、クレイブさんから言われていたことだった。

過去の作品を見比べたりする時、パソコンは再現率はいいが、サイズ感が変わるし、並べて比較するには紙の方がいいだろうと。

実際やってみるとその通りだった。

モニター上にファイルを呼び出して並べると、画像サイズは小さくしなければならない。サイズを大きくすると、何枚も重ねてクリックしていくから、一枚ずつしか見られない。

でも紙ならば、床一杯に何枚も並べて比較ができる。

黒木さんはファイルをゆっくりと捲り、一言ずつ感想を口にした。

「上手いね」

「雰囲気がある」

「色使いがいい」

どれを見せても、俺の絵を褒めてくれた。

「繊細で、いいね。でもこれは仕事だろう？　クライアントの意向が入ってる。もしよかったら、仕事じゃなく、花澤くんが心のままに描いた絵が見たいな」

「でも、いたずら描きみたいなものですよ？」

「いたずら描きの方が、気持ちが出てるだろう？　俺は、花澤くんの感性が知りたいんだ。どんなものに興味を持って、何を描こうとしたか。そうしたらこれから俺達の付き合い方も決められる。食べ物の絵が多かったら、美味しい店に連れてってあげる、とかね」

「そんなに食べ物は描いてないと思いますけど……」

「たとえば、さ」

俺を理解しようとしてもらえるのが嬉しくて、さっきから絵を褒められてることも嬉しくて、俺は拙いラフまで含めて、彼に見せた。

「これは発表したの？」

「学生時代の提出物です」

「こっちは？」

「これはただスケッチしてただけで発表はしてません」

「もったいない、いい絵なのに。ああ、でも仕事は要求されたものを描くものだから仕方ないか。この絵のコンセプトって何だったの？」

「コンセプトっていうのは特に……」

二時間ほど、俺の絵を見ながら話をしていたが、やはり時間的にケーキだけでは空腹を覚えたのか食事に出ようと誘われた。

「本当は、花澤くんの手料理が食べたかったんだけどね」

「料理なんて……、適当なものしかできません」

「それでも好きな人の手料理だと思うと食べたいものさ。絵はまだあるの?」

「え? あ、はい。まだ……」

「じゃ、次に来た時に見せてもらうことにするよ。今日は悪いけど、食事をしたらお別れでいいかな。装丁の追加草案やりたいんで」

「はい。仕事ですもんね。俺のことなんか気にしなくて大丈夫ですよ。食事はまた今度にしましょう」

「いいのかい?」

「俺が説明不足だったから悪いんです。いいもの考えられるように祈ってます」

黒木さんは、にっこり笑うと、俺の頭を撫でた。

「……花澤くんはいい子だね。それじゃお言葉に甘えようかな。あ、頭を撫でるのは下心じゃないからね」

下心じゃなくて、子供扱いだと思うけど、それを口にはしなかった。

「俺といて楽しい？」

「はい。仕事場以外でこんなふうに絵の話ができる人はあまりいなかったので」

「そう。じゃこんなに君の絵を見た友人は俺ぐらいかな？」

「多分……」

土佐さん達は部屋に来たことはないし、クレイブさんは全て見てるけど、友人とは言えないし、間違ってないよな？

「いいね。花澤くんを独占してるみたいな気分だ」

「独占だなんて大袈裟《おおげさ》ですよ」

「そんなことない、好きな人のことは独占したいものだろう？」

「そんな……」

この人はホントにさらりとこういうことを口にする。

「ああ、また赤くなった。可愛いな、キスしたくなる」

「それはダメです……っ！」

パッと離れて手を振ると、彼は笑った。

「しないよ。無理には。でもその気分になったら言ってね」

「……まだ、なりません」

「『まだ』、ね」

「う……」

その後も、黒木さんは今日も礼儀正しく、変なことは何もしなかった。

そしてすぐに帰ってしまった。

部屋に二人きりでいることにすら緊張していたので、彼がいなくなるとほっと肩の力が抜けた。

恋愛って、緊張するものなんだ。

好きって言われるたびにドキドキしてると、このまま本当に彼と恋人になるのかな、とも思ってしまった。

俺が黒木さんと恋人に……。

その想像の中に、一瞬黒木さん以外の人の顔が過《よぎ》ったが、俺は気づかないフリをした。

その人は遠くて、想像すらしてはいけない人だったから。

くだらないことを考えるな、と怒りそうな人だったから……。

そうして、黒木さんとの付き合いが始まった。

平日でも、時間を合わせて食事に行ったり、毎日のようにメールしたり。

俺が彼の部屋で見たアメコミの画集が気に入ったと言うと、彼は同じ本をプレゼントしてくれた。

恋人もそうだけれど、こんなに頻繁《ひんぱん》に会う友人すら初めてに近かったので、『誰かと約束する』ということだけでも嬉しくて浮かれてしまった。

話を聞いてるだけでも、お前も話せとせっつかれない。

絵の話をしても、他の話はないのかと言われない。

カラオケとか、人の多い場所へのショッピングとかに行かなくても、付き合いが悪いとは言われない。

時々会話の中に挟まれる『好きだよ』という言葉も、嬉しかった。

自分達は恋人なのかな？

もしそうでなくても、彼といるのは楽しい。

時々俺の部屋へもやって来るようになって、俺に手料理をせがむこともあった。

「材料は買ってきたんだ。チャーハンでも何でもいいから、花澤くんの作ったものが食べたいんだ」

と言って。

一人暮らしは長かったけど、自分のためにしか作ったことはなかったし、凝ったものはできないと言ったのに、それでもいいからとせがまれて料理の本を買った。

俺が料理をしている間、相手をできないのが悪いと思ったけど、待ってる時間が楽しいのだと言ってくれた。

彼と一緒にいることに慣れていったのは、黒木さんが俺を見つめることがなくなったからかもしれない。

真っすぐ見つめられると緊張するけれど、料理の時は別の部屋だし、俺が緊張するのだとわかってくれたのか、目の前にいてもあまり見つめてくることがなくなったから。

報告しなさいと言われていたので、彼に会うたびに土佐さんに昨日はこうでした、と報告していたのだが、それも何だか楽しかった。

だって、今まで、昨日は何してたのか、と訊かれても『家で絵を描いてました』としか答えられなかった俺が、『新しい料理を覚えました』とか『新しい写真集を勧めてもらいました』とか、そのたびに違う答えが返せるのだ。

でも土佐さんは歓迎していないようだった。

「お前が楽しいならいいんだが、何だか複雑だな」

と憂い顔で言われるくらい。

「複雑、ですか？」

「ああ、いや。その……、それは恋人じゃないなってことだ」

「そうですか？」

「新しい友達ができたってことだろう。だから友達のままのがいいと思うぞ」

「かもしれません。でも、好きって言われるのって嬉しくないですか？」

「そりゃまぁ、嬉しいな。俺も花澤のことは好きだぞ」

土佐さん言われても、ちょっと顔が熱くなる。

「……ありがとうございます」

俺はもしかしたら『好き』って言葉に弱いのかも。

友達なのか恋人なのかは別として、黒木さんとの付き合いは楽しかった。

日常が順調だと、仕事の方も順調になるのか、三枝出版の仕事は無事『海の生き物』の方が決定した。

それは人魚をモチーフにして表紙を連作にし、裏表紙はその巻の内容に則したイメージイラストにするものだった。

ちょっと手間はかかるけれど内表紙は真っ黒な紙に銀のインクで海の風景を描き、泡に見立ててパンチで穴を開け、次のページに書かれた解説や導入の部分の文字の中から一文字ずつ拾っていき、繋げると別の言葉になる、というものが評価された。

「面白い手法ですよね。穴から見える文字で『今回は貝のお話』とか『海の不思議』とか綴《つづ》るわけでしょう？　上の方から、もしよかったら他のテーマでも似たような手法が使いたいと言ってるんですが、よろしいですか？」

と編集さんから持ちかけられた。

自分のアイデアが他の人にも使ってもらえるなんて、嬉しいことだ。

俺はもちろん快諾した。

ただ、クレイブさんには不評だった。

穴文字のことではない。

表紙が人魚だったことが、だ。

「俺が人魚姫が嫌いと知っての狼藉《ろうぜき》か」

とヘッドロックされてしまった。

「苦し……」

「嫌がらせか」

「違います……、ギブです、ギブ。第一、これはクレイブさんがヒントなんですよ」

「俺が？」

腕を解かれ、くるりと椅子を返されて正面から見つめられる。

黒木さんと違い、この人はいつも正面から俺を見る。

だからいつも緊張してしまうのだ。

「水族館、連れてってくれたでしょう？　あの時、水槽のガラスに映ったクレイブさんが人魚みたいに見えて……」

「俺が人魚？」

彼は少し口元を歪めた。怒ったのかもしれないが、喜んだようにも見える。

「『みたい』です」

怖いはずの海の底から、一番信頼してるひとが見ていてくれる、と思うと安堵《あんど》した。

そんなふうに、海の中にいるはずもない美しい存在を描くと、親しみがわくかもしれないと思ったのだ。

それに、ガラスの反射ならば、真っすぐ俺を見ている彼の目を見返すことができたから、あれはいい思い出だったのだ。

「それに、これは人魚『姫』じゃなくて、ただの人魚です」

「そういう問題じゃない」

パン、と頭を叩かれたが、彼はすぐに極上の笑顔で笑った。

「だが、よくやった。いい仕事しろよ」

「はい」

「これに専念するなら、今やってる細かい仕事は俺が受けてやるぞ」

「いいえ、仕事は仕事です。一度受けたものは断りません」

「……そうだな。お前は絵を描くことが仕事じゃなくて、楽しいんだもんな。じゃ、馬車馬のように働け。必要なら、会社に泊まり込みも許可する」

「はい」

「お前ならできる。いいな、俺の言葉を信じろよ」

「はい」

仕事は楽しく、事務所の人達は優しく、黒木さんもあまり『恋人』という言葉を使わなくなり、友人のように過ごせて、毎日が、楽しかった。

全てが上手くいってると思っていた。

問題なんて、起こらないはずだった。

けれど、そんな日々はある日突然崩れてしまった。

大きな驚きと悲しみで……。

その日、俺は土佐さんと話をしていた。

黒木さんがプレゼントしてくれたスマホのケースが上手く嵌《は》まらなくて、土佐さんにやってもらっていたのだ。

彼は簡単に嵌めてくれて、自分の不器用さを痛感する。

「しかし、センスが合わないな。赤と黒ってのはカッコイイが、花澤のイメージじゃないだろう」

「黒木さんとお揃いなんです。黒と赤は彼の趣味です。スカルとか、クロスとかが好きみたいで」

「お前ならもっと明るい感じのがいいと思うんだが」

「でも俺、誰かとお揃いのもの持つのが初めてなんで、嬉しいです」

「話を聞いてると、黒木って男は強引で自分勝手な印象だな。待ち合わせもいつも遅刻してくるんだろう？」

「五分ぐらいですよ、遅刻ってほどじゃ……」

「食事中にタバコ吸ったり」

「父親が吸う人なんで、気にしてません」

「……花澤、その黒木が好きなのか？」

好き……、なのかな？

彼と一緒にいると楽しいし、好きって言われるのは嬉しいけど、自分から彼が凄い好きって感じることはまだない。

ただ、好きか嫌いかと言われれば、もちろん好きだ。

「黒木さんのことは……好きだと……」

言いかけた時、背後からパンと頭を叩かれた。

「痛っ」

結構強めに叩かれ、振り向くと、クレイブさんが不機嫌な顔で立っていた。

その手には小さな箱がある。今、あれで叩いたのか？

「誰のことが好きだって？」

「クレイブさん、友達のことですよ。な？　花澤？」

土佐さんが慌てた様子で口を挟んでくれた。

「はい、まだ」

「ま、だ、？」

「はい……」

何だろう、怖いな。

「その話は後で詳しく訊くかせてもらうことにして、お前は俺に黙ってアルバイトしてるか？」

「は？」

「違うとわかってるが、一応訊いてやる。事務所に内緒の仕事をしてるか？」

「まさか、そんなことしてません。ここの仕事だけでも精一杯なのに」

「だろうな」

彼はフッと息を吐き、さっき俺を殴った箱をデスクの上に置いた。

「今日発売になったものだ。デパートで買った」

「菓子の箱……ですか？」

土佐さんは中身を気にしたが、俺はそのパッケージに驚いた。

「これ……！」

「花澤？」

手に取って、もう一度よく見る。

「似てる……」

その箱に描《えが》かれた絵は、昔俺が描いた絵にそっくりだった。

桜の花を描いたものだけれど、桜とははっきりわからせず、薄いピンクの霞《かすみ》のように描き、その中にハッキリとした輪郭で飛ぶ鳥を描いたものだ。

ただその中に一羽だけ、トビウオのシルエットのものを混ぜてあるのだ。

この絵の中にも、一匹だけ魚がいた。

トビウオではないけれど。

「似てる、なんてもんじゃない。模写だ」

クレイブさんは俺が描いたものを全て見て知っているから、きっぱり言い切った。

でも元の絵を知らない土佐さんは俺とクレイブさんの顔を見比べるように訊いた。

「何に似てるんです？」

「こいつの絵だよ」

「花澤の？　未発表作品ですか？」

「確か、入社前に描いたものだったな」

「はい。あの公園の桜を……、以前住んでたアパートの近くにある桜を描いたんです」

「でも、よくある構図って言えばそうですよね？」

「桜の樹の幹の配列とか、鳥のシルエットの配置、鳥の中に一匹だけ魚を入れてるところまでくると、偶然とは言い難いな」

「そんなに？　誰が描いたんです？」

「黒木大輔というイラストレーターだ」

「黒木さん？」

「知ってるのか」

「偶然同じ名前かもしれないですけど……」

「花澤がいま付き合ってる男です。友達だそうですが」

土佐さんは怒った口調で言った。

「ここのところ、花澤の部屋にも出入りしてたそうです。そうだな？」

土佐さんもアートを生業にしている人だから、もしもこれが一番悪い予想、つまり俺の作品を盗用したという可能性に怒りを感じているようだった。

「部屋に上げたのか？」

二人の視線を受けて、身体が堅くなる。

「花澤、部屋に入れたのか？」

もう一度、クレイブさんが訊いた。

「……はい」

「この絵を見せたのか？」

「この絵っていうか……、俺の絵は色々と……」

クレイブさんはチッと舌打ちすると、手を止めてこちらを眺めていた手塚さんを見た。

「手塚、ネットで調べろ。黒木大輔、パクリで検索だ」

「すぐに」

手塚さんはオタク系で、ネット系の調べ物は得意なのだ。

いつもは権利関係の被りなどを調べるのに、デザイナーだけどその手を借りている。

カチャカチャと手塚さんがキーボードを叩く音を聞きながら、俺はどうか何も引っ掛かりませんように、と願った。

だって、彼は俺を好きだと言ってくれた。

俺を褒めてくれた。

初めてできた友達なのだ。

それが別の意図を持っていたと思いたくない。

「これ、どこのです？」

「銀座の洋菓子店の新作チョコレートだ。菓子の箱はデザイナーに頼むこともあるから、チェックしに行ってみつけた」

「大きい店ならバレやすいんじゃ？」

「期間限定だよ。売ってる間だけわからなきゃそれで終わりだ。花澤は外を出歩かないから、本人に見られることは考えていなかったんだろう」

「しかも未発表の昔の作品、ですか。確信犯っぽいですね」

「ああ」

土佐さんとクレイブさんの会話を聞きながら、俺は泣きそうだった。

彼等の会話が、『そんなことありません』と言えないことだったから。

彼は、俺が人込みが嫌いなことを知っている。

お洒落な銀座の洋菓子店にも、デパートの地下にも行かないことを知っている。

誰にも見せていない昔の作品を見ている。しかも、誰にも見せていないね、と確認も取られていたのだ。

「出ました」

手塚さんの声に、土佐さんとクレイブさんは俺を置いて手塚さんのデスクに向かった。

三人でモニターを覗き込み、記事を読み上げる声が響く。

「劇団ケイオスの『眠る羊』のチラシと激似、黒木大輔が手掛けたオヤスミＣＤのパッケージ」

「こっちは投稿ですね。妹が文化祭で出した絵と似てたプロのイラスト」

「黒木ってイラストレーターはそんなに有名じゃないんですけど、ネット民はこういうのが好きなんで、検証サイトもありますよ」

「見せろ」

黒木さんの部屋にあったファイル。

その中に『眠る羊』というお芝居のチラシがあったかどうかまでは覚えていないけれど、確かに色んな劇団のものが入っていた。

本人も、色々出歩いて、他の人の作品を見るのが勉強になるとも言っていた。

地方の、地元の展覧会や、学生の文化祭なんかを。

聞いた時には、勉強熱心な人だ、と感心していたのに、それは別の意図があったのだろうか？

「ああ、こりゃ似てるなぁ」

「こいつ、常習だと思いますよ」

「どうしてそう思う？」

「消えもの狙いですから。劇団のフライヤーやチラシなんて、ファンじゃなきゃ捨てちゃいますからね。配ってるのは芝居がかかってる間だけです。それに学生や、素人の作品を使ってるのも、バレにくいからでしょう」

　俺は、動けなかった。

　頭の中がぐちゃぐちゃになって、何も考えられなくなった。

「ああ、これは結構大きく扱われてるな。パクッた相手の学生の方が、その後賞取って、学生時代の作品を画集にして出したみたいです。ほら、これ」

「ほぼ一緒だな。真ん中の裸体のライン重ねてあるからよくわかる」

　彼等の言葉が右から左へ抜けてゆく。

　声が遠いのに、頭の中に残る。

「どうします？　社長。法的措置を取りますか？」

　緊迫した土佐さんの声。

「無理だな」

　冷静なクレイブさんの声。

「無理って……」

「そうだろう？　手塚」

「はあ……、まあ難しいでしょうね」

事務的に答える手塚さんの声。

「なんですか？　どう見たって……！」

「落ち着け、土佐。デザインやイラストは『類似認定《るいじ》』が難しいんだ。日本では知的財産に対する価値感が低いからな。重ね合わせてピッタリだったとかいうなら別だが、裁判では、こっちの絵は睫毛が三本だが、こっちは一本だから別物だ、と言われてしまう」

「そうそう。国民的な認知がされていて、誰が見ても同じキャラクターだ、というようなものになって、初めて争われるんですよ」

「……そうなのか？」

「土佐さんは権利関係とか疎《うと》そうですもんね。花澤の場合は未発表のもので、描いた時期の特定ができない。イラストの原本があっても、こっちが先だと立証する術がない」

自分の名前が出て、ピクッとする。

「だが、クレイブさんは見たんでしょう？」

「社長が見てても、所属事務所の社長ですよ？　第三者じゃない。利害関係があるから偽証してると疑われることもある。それに弁護士費用もバカにならないんじゃ……」

「問題は、本人の意識だな。花澤」

クレイブさんに呼ばれ、俺はゆっくりと顔を上げた。

三人の視線が、いや、事務所にいる人間全員の視線が俺に向けられている。

目が……。

「来い」

青みがかった黒い瞳が、俺を見てる。

ただそれだけで息が苦しくなって、動けない。

「ショックなんですよ。親しくしてましたから」

「お前、それを知ってたのか、土佐」

「はぁ、まあ。色々クギは刺しておきましたが」

クレイブさんの舌打ちが、離れたここでも聞こえた。

何か言わなくちゃ、と思うのに声が出ない。

来いと言われたから行かなくちゃと思うのに、立ち上がれない。

クレイブさんはデスクをぐるりと回って俺の腕を取ると、無理やり立たせた。

「来い」

ふらふらした足取りの俺を強引に引っ張ってオフィスから出ると、彼はそのまま三階へ続く階段を上った。

彼の、住居である三階に。

三階に上がるのは、初めてではなかった。

入ったばかりの頃、他の人に聞かせたくないお説教をする時や、仕事に行き詰まってる俺を慰めてくれる時など、ここに呼ばれた。

けれど足を踏み入れたのは、事務所と同じだけの広さのあるフロアの中のリビングとキッチンだけだ。

今日も、通されたのはリビングだった。

巨大な白い木綿地《もめんじ》のソファにガラスのテーブル。

主が不在だったからか、窓にはシェードタイプのブラインドが下ろされ、外は晴天だったが、部屋の中は薄暗かった。

まるで海の底のようだ。

「座れ」

腕が離れ、ソファの上に突き飛ばされるように座る。

やわらかなソファに身体が沈み込む。

前に座った時には座り心地がいいと思ったのに、今日は不安定で居心地が悪い。

クレイブさんは俺の隣に座った。

「もう、わかってるんだろう?」

低く、落ち着いた声。

俺は何も答えず首を横に振った。

わからない。

皆が言ってる話の筋立ては頭に入ったけれど、それが実際自分の身に起きているのだという理解ができない。

……したくなかった。

「お前が以前言ってた、『好きだ』と言ってきた相手ってのはその黒木か?」

「……はい」

「女じゃなく男だったわけだ。それで女性とは付き合ってない、か」

彼は長くため息をついた。

「そいつはお前を好きなんじゃない。お前の絵が使えると思って近づいてきただけだ。お前がまだ著名な人間じゃないから、パクっても気づかれないと思ったんだろう」

そう……、だったのかもしれない。

「さっき手塚が調べたのを見ても、確信犯だということはわかる。どうして絵を見せたりしたんだ」

「……俺を、理解するために絵を見たいって……。黒木さんも自分の絵を見せてくれたから、俺も見せないと悪いと思って……」

「バカが！」

怒鳴られて、ビクリと身体が震える。

「そいつの部屋に行って、それらしいものは見なかったのか。似たような絵が二枚あるとか」

「わかりません。リビングしか見なかったから。でも……確かに劇団のチラシとか、文化祭のパンフみたいなのを纏《まと》めたファイルがあったのは見ました……」

「それを何と説明してた？」

「何も。見たとも言わなかったので……。それに、あの時それを見たからって、黒木さんがそれを模倣してるなんて考えつきませんでした。勉強熱心な人なんだって思ったくらいで……」

またため息をつかれる。

言葉に出されなくても、また『バカ』と言われた気分だった。

「だって……、褒めてくれたんです。綺麗な絵だって……」

「だから？　それでホイホイ見せたのか。同業者に」

「だって……」

「お前の仕事は何だ？　デザイナーだろう、イラストレーターだろう。お前の絵にはもう価値があるんだぞ」

「でも……」

「そいつの口車に乗せられて、結果、お前の大切な絵をパクられて、使われて、それで終わりだ。ただの道具として使われただけだ。金を無心されるよりタチが悪い。お前の才能が浪費されてくんだ」

「才能なんて……」

「そいつが、あのパッケージ以外にもお前の絵を使ってる可能性だってある。それがお前の大切な一枚かもしれない。自分が描きたかったものとは全く反対の方向性で使われるかもしれない。クオリティの落ちた仕上がりで出されるかもしれない。もし認められたとしても、そこにはお前の名前ではなくそいつの名前がつくんだ」

「まだわからないじゃないですか！」

「何？」

「もしかしたら、彼は俺の絵を見たかもしれません。それを見て描いたのかもしれません。でもそこに作為や悪意があったかは、わからないでしょう？」

利用された、裏切られた、と思いたくなかった。

初めて部屋に招いた人を、悪く思いたくなかった。

恋人とは思っていなかったが、友人だとは思っていたのだ。その友人にずっと嘘をつかれていたなんて思いたくなかった。

もしそれを認めたら、俺はこれからずっと人を信じられなくなってしまう。

「わかってるだろう。お前だけじゃない。他の連中もパクられてるんだぞ？」

「でも、黒木さんは俺を好きだって言ってくれたんです！　俺みたいな、何にもできないヤツを好きだって、可愛いって、絵が上手いって……。男なのにキスしたいって言ったのが全部嘘だったなんて考えたくないです……」

「キス？　したのか？」

「……されました。あれがお芝居だったなんて考えたくないです。だってそうでしょう？キスって好きな人にするものでしょう？」

「そんな頭に花が咲いたようなことを言ってるのはお前ぐらいだ。好きでなくてもキスだってセックスだってできる」

「そんな……！」

じゃあ何を信じたらいいんですか？

好き、って言葉を信じてはいけないんですか？

その強さや種類は疑った。恋だと言われても、恋ではないかもと思ったことはあった。

でも黒木さんが自分に好意を持ったことは疑わなかった。

それを疑ってしまったら、本当に『人』が怖くなってしまう。

他の人達の好意にも裏があるのかも、と思うようになってしまうのが怖い。

だから、わかっていても、認めたくなかった。

「好きって言ってくれた人を疑いたくないです」

「たったそれだけのセリフでころっと騙されたわけだ」

「騙されたなんて……。まだわからないだけじゃないですか」

クレイブさんは忌《い》ま忌《い》ましそうに舌打ちした。

「ちょっと目を離したら、ロクでもないもんに引っ掛かりやがって。腹立たしいにもほどがあるぜ」

怒らせた。

でも、やっぱりあんなに優しくしてくれた人の言葉を疑いたくない。

「キスなんかな、ただ口をくっつけるだけなんだから、誰だってできんだよ」

クレイブさんはそう言うと、いきなり俺の唇を奪った。

「ん……っ」

顎を取って、押し付けられる唇。

見ることもできないほど近づいた顔。

驚いている俺の唇を割って入ってくる舌。

黒木さんにキスされた時は、『キス』という行為に驚いてしまった。でも今は、相手がクレイブさんだということに驚いて、身体が固まる。

彼はそのまま貪るように舌を動かし、俺の唇を咥えて吸い上げた。

胸が苦しい。

息ができない。

心臓が痛いほど激しく鳴り響く。

あのクレイブさんが、俺とキスしてる。そう思うだけで目眩がした。

「見ろ、好きでなくてもできただろう」

「こ……んな……。相手の気持ちを無視して……」

「気持ちを無視して？　じゃあ黒木ってやつとキスした時はキスして欲しいと思ってたの

か？」

「思ってませんでしたけど……」

「じゃあ何が違う。お前にその気がなくても、相手がしようと思えば何だってできる。そのくらいわからない歳でもないだろう」

「黒木さんはそんなことしませんでした。ホテルでもコーヒーを飲んで話をしただけで」

「ホテル？」

つい、口を滑らせてしまい、俺は慌てて口を押さえた。

「そいつとホテルへ行ったのか？」

「それは……」

「まさかラブホテルか？」

違います、と言えなかった。

この人に、嘘をつきたくなくて。

「ばかじゃねぇの！」

もう一度顎を取られ、真っすぐに見つめられる。

目が合って、息苦しくなる。

「な……、何もされて……」

「黙ってろ」

またキスされる。

今度は短いキスを。

「……間抜けすぎて腹が立つ」

やっぱり怒っているのだ、俺が粗忽《そこつ》すぎて。

クレイブさんに嫌われる。

それはとても怖いことだった。

黒木さんが本当は俺のことなんか好きじゃなくて、あれが全部芝居だったことより。他の人達のことを信じられなくなるより。

だって、俺はクレイブさんを信じてここまできたのだ。

あの公園での出会いの時から、この人の言葉だけを信じて、引っ越して、ここで働いて、イラストレーターとなって、自分の絵を『仕事』にすることを決めたのだ。

心細くなっても、不安になっても、自信をなくしても、振り返ればこの人が『俺を信じろ』と言ってくれていたから、くよくよせずにいられたのに。

「愛がなくてもしようと思えばこれくらい簡単にできるし、お前は簡単にそれに呑まれるんだよ」

ソファの上に押し倒され、シャツの中に手を入れられる。

「クレ……」

言葉を奪うように、また唇を塞がれる。

どんな表情をしているのか、わからなかった。

けれど、開けたままの目に映るのは真っすぐに見つめる彼の瞳だけ。

青みがかった黒。

違う……、間近で見て初めてわかった。

彼の目の色は濃紺なのだ。深い群青《ぐんじょう》だ。

青を濃く凝縮しているから、黒く見えるだけなのだ。まるで色の濃いサファイアのように。

海の底のように薄暗い部屋。

溺れた時の記憶が過り、動けなくなってしまう身体。

心のどこかで、クレイブさんに触れられているという喜びもあったと思う。でもそれ以上に、彼を怒らせてしまったから、嫌われないようにじっとしていなくてはという考えが働いた。

抵抗したらもっと怒らせる。

彼に嫌われたくない。

他の誰よりも。

手はシャツの中で俺の胸に触れた。

他人の指が触れる、それだけでゾクリと鳥肌が立つ。

「ン……」

唇が離れ、頬に移る。

そのまま耳に移動し、彼が囁いた。

「俺と寝たいと思わなくても、こうされればその気になるだろう?」

彼と寝る。

考えたこともなかった言葉に、身体がぎゅっと縮こまる。

彼の目を見つめていると、『ぎゅっ』としてしまう。いつもそうだった、その感覚と似ている。

身体の真ん中で、何かを掴まれるようにぎゅっとする。

緊張なのだと思っていた。畏敬《いけい》の念だと思っていた。

でも違ったのかも……。

同じように『ぎゅっ』とした身体は、続けられるうちに別の感覚に変わってゆくから。

指は俺の乳首を弄び、舌が耳を舐める。

「あ……、だめです……っ！」

感じている。

勃起《ぼっき》してしまう。

「クレイブさん……」

ズボンの中で、自分が硬くなってゆく。

『ぎゅっと』した感覚は、焦《じ》れるようなもどかしさになってゆく。

もしかして、今までもそうだったのか？　彼の目をずっと見つめていたら、こんなふうになっていたのか？

それとも、身体中を触られている今だけ？

「どうした？　勃《た》ったか？」

手がズボンの上から俺に触れた。

勃起してることを知られて、恥ずかしさで身体が熱くなる。

「ちょっとキスして胸を触られただけでこんなになるんだな」

言わないで。

「お前は簡単に快楽に捕らわれるんだよ」

「やめ……、何を……！」

彼の手は服の上から俺を触った後、ズボンのファスナーを下ろし、中に侵入した。

「……あ！」

下着の合わせから俺のモノを引っ張り出し、指が絡む。

「やめてください……っ、本当に……」

熱が、どんどんとソコに集まってゆく。

「あ……ん……っ」

もう言い逃れできないくらい、勃っていた。

彼の指が与える刺激に、応えていた。

誰にもされたことのない行為を、誰にも触れられたことのない場所に受けて、耐えることなどできない。

そんなスキルはない。

「や……」

ずっと胸と下を弄られ、腰が震える。

「あ……、あ……っ」

我慢できずに露が漏《も》れる。

自分の喘ぎ声の合間に、いやらしい音が聞こえる。

声を上げれば聞かずに済むが、甘えるような自分の喘ぎはみっともなくて、それも聞きたくない。

でもどちらも、否応なく自分の耳に届き、より身体を淫らにさせる。

彼に『される』ことが気持ちいい。

どんなに言い繕っても、身体がそれを表している。

指で弄られるだけでも、もう限界だったのに、クレイブさんは身体をずらし、いきなり俺のモノを咥《くわ》えた。

「ひっ……っ！」

反射的に上半身を起こすと、自分の股間に顔を埋める金色の頭が見えた。

熱い。

ねっとりと絡み付く舌の感覚。

クレイブさんが、俺のモノを舐めてる。

舌が、俺のモノを濡らしている。

「や……」

そう思った瞬間、ざわざわとしたものが全身を駆け巡る。

「いや……っ。だめぇ……。出る…、出ちゃう……」

抵抗したら怒られると思っていたけれど、このままでは何が起こるかがわかって、俺は両手で彼の金の頭を捕らえた。

早く。

引き剥がさなくては。

なのに彼は俺のモノに軽く歯を当て、吸い上げた。

「ひ……ィ……」

だめ。

絶対にだめ。

そんなこと、できない。

だが、どんなに抵抗しても無駄だった。

舌が先を強く舐めると、背筋に電気が走り、頭が真っ白になった。

「……っ、あ……ぁ……」

自慰では得られなかったような絶頂。

「や……」

彼の口の中に、自分の精液が吐き出される。

止めよう、止めようとするほど後から後から溢れてゆく。

情けなくて、涙が出た。

俺が、クレイブさんの口の中に……。

「う……っ、く……っ」

口を放し、クレイブさんが立ち上がる。

閉じた彼の口元が濡れている。

「う……」

もう見ていられなくて、俺は両手で顔を覆って泣き出した。

俺は何てことを。

「……チッ、契約さえなければ」

聞こえないほど小さな声で、彼が呟く。

それって、俺との雇用契約のこと？　それがなければ、すぐにクビにできたっていうこと？

「今のでわかっただろう。お前は快楽に弱い。セックスに免疫がないから、咄嗟《とっさ》の反応もできない。相手がヤろうとしたら、簡単にヤられる。今は途中までだが、相手がその気になったらケツを掘られるぞ」

言葉が頭の中を抜けてゆく。

「二度と黒木に近づくな。その男と連絡もするな、いいな？」

言ってることはわかるけど、対応できない。

ただもう涙が溢れ続け、ずっとしゃくりあげるだけだ。

「聞いてんのか、花澤」

顔を覆っていた手を剥がされ、彼と目が合う。その途端ぶわっとまた涙が溢れた。

涙で歪んだ視界の中で、クレイブさんの顔が切なく見える。罪悪感に囚われているように。

でもそれは俺の希望が見せたものだったのだろう。

「いつまでもグズグズ泣くな。身支度を整えたら降りてこい。これからの対策の話をしなきゃならないんだから」

続く声は冷たく、彼自身も俺を置いてそのまま出て行ってしまった。

取り残され、また涙が零れる。

何も……、考えたくない。

考えられない。

でも、考えなければ。

クレイブさんに捨てられたくない。

ゆっくりと身体を起こすと、自分のみっともない姿が目に入った。

だらしなく露わになった性器。

これがあの人の口に中にあったのかと思うと、まだゾクッとしてしまう。

身体が反応する前に立ち上がり、俺はトイレに駆け込んだ。

まだ微かに残る彼の舌の感覚を消すために、トイレットペーパーで、痛くなるほどソコを擦った。

クレイブさんは、俺を好きと言ってくれなかった。

俺が好きでこんなことをしたんじゃないのだ。

彼は、好きじゃなくてもこういうことのできる人だったのだ。

彼が好きと言いながら抱くのは、自分以外の人間なのだ。

叱《しか》られているだけだったのに、簡単に感じて、射精した自分は愚かで淫乱なんだ。

そんな思いがぐるぐると頭の中を巡り、また涙が溢れた。

どうすればいいのか。

何をしたら、いいのか。

トイレットペーパーで鼻をかみ、涙を拭いてトイレから出る。

すぐに下に降りてゆくべきなのだろうが、今はまだクレイブさんだけでなく他の人達の顔も見ることができない。

落ち着くまで、一人でいたかった。

リビングのソファにも、戻れなかった。あそこで行われたことを思い出したくなくて。

玄関先にひざを抱えて蹲《うずくま》り、俺はただじっと考えていた。

どうしたらいいのか。

何をすればいいのか。

何をするべきなのか、を……。


一時間ほどすると、玄関のドアが開いた。

「うわ、花澤、お前こんなところで何してるんだ」

クレイブさんが迎えに来たのかとビクッとしたが、立っていたのは土佐さんだった。クレイブさんはその背後にいる。

「泣いてたのか？」

優しい言葉をくれたのは土佐さんで、クレイブさんは黙ったままだった。

「叱りすぎたんでしょう、社長」

「社長って呼ぶな」

「花澤は無垢なんですから、色々考えが足りないのはしょうがないんですよ」

「そういうところに簡単に付け込まれるから……！」

「もう声を荒らげないで。ほら、花澤、立て。奥行こう」

土佐さんは俺の腕を取って立たせると、俺をリビングへ連れ戻した。

ここに居たくはないけれど、土佐さんが一緒なら、もうあんなことはされないだろう。

「お前話せ。俺はコーヒーを淹れてくる」

不安げな目を向けると、クレイブさんは逃げるようにキッチンへ消えた。

その途中でシェードを上げたから、部屋が一気に光で溢れ、世界が変わる。

海の底から、浮き上がったような感じだ。

「もう大丈夫だから」

『もう大丈夫だから……』

一瞬、土佐さんの声に、誰かの声が重なった。

「あの人も怒ってないよ」

けれどそれは本当に一瞬だけだった。

「下で話してたんだがな、法的措置ってのは取れないそうだ。俺はあまり詳しくないんだが、盗作を立証するのは難しいらしい」

土佐さんは俺の隣に座って、慰めるように俺の手を握ってくれた。

人に触れられるのは苦手だけれど、今は土佐さんの強く、しっかりと握ってくれる手が嬉しかった。

「それで、お前の絵を持って、黒木の事務所に注意をしに行くことにした。類似するものが出て、盗作を疑われる状況があるんだから。今回は偶然で鉾《ほこ》を収めてもいいが、次にやれば確信犯とみなす。偶然とは言えない、とな。もちろん、お前は行かなくてもいい。社長が弁護士と一緒に行ってくれるらしい」

クレイブさんが戻ってきて土佐さんと自分にはブラックコーヒーを、俺の前にはミルクのたっぷり入ったカフェオレを置いて向かい側に座った。

「賠償請求なんかは無理だろうが、抑止にはなるだろう」

「でも……」

「でも？」

「まだ……、故意かどうかはわからないのに……」

言った途端、クレイブさんの目がきつくなる。

けれど話をするのは土佐さんに任せているのか、口は開かなかった。

「お前が心優しいのはわかるが、これは犯罪だ。ちゃんとした方がいいことなんだぞ」

「わかってます。俺も、ちゃんとしたいんです。……俺が、ふよふよして、ちゃんとしてなかったからこんな結果になったってわかってるから、自分で決着をつけたいんです」

「決着をつけるって、どうするんだ?」

「俺が、本人に直接訊きます」

「黒木に?」

「もし偶然だったら、こういうことになってるって説明します。故意ではなく、頭に残っていて使ってしまったというなら、もう絵を見せることはできないし、注意してくださいと言います」

「故意だとわかったら?」

「……残念ですけど、もう友達にもなれないと言います」

初めてできた友人だったけれど、会社やクレイブさんに迷惑をかけたくない。

「できるのか?」

「します」

俺は土佐さんの手を強く握った。

「俺が招いた結果だから、自分でカタをつけなければならないんです」

俺の言葉に、今まで黙っていたクレイブさんが口を挟んだ。

「本当は故意だったのに、故意じゃなかった、と言い抜ける場合もあるぞ？　お前は簡単に騙されるしな」

「彼の部屋で劇団のチラシを見たことや、ネットに上がってる疑惑のことも訊きます。それなら嘘はつけないと思います」

「だが……」

「クレイブさん。本人がこう言ってるんだ、聞き入れてやりましょうよ」

土佐さんの言葉に、クレイブさんは黙ってコーヒーに口をつけた。

「明日は週末で会社が休みだ。週明けに……」

「いいえ。今すぐ、電話します。時間を置くと、勇気がなくなってしまいそうで……」

「そうか。だが、一人では行かせないぞ？」

「はい。誰か……、ついてきてくださると嬉しいです」

「うん」

俺は土佐さんの手を離し、ズボンのポケットからスマホを取り出した。

電話にしようかと思ったが、上手く喋る自信がなかったので、メールを打った。

『突然なんですか、もしよろしかったら今日お会いできないでしょうか？』

隣から覗き込んだ土佐さんが頷いたので、俺はメールを送信した。

返事はすぐに返ってきたが、それは思ってもいなかったものだった。

『ごめん。今、サーフィンやりに別荘の方に来てるんだ。月曜までには戻るけど、その後でいいかい？』

『別荘って遠いですか？』

すぐに返すと、彼もすぐに戻してきた。

『湘南《しょうなん》だよ。何だったら、ここに来るかい？　来るなら、地図送ります』

俺は少し悩んでから、『行きます』と送った。

「行くのか？」

文面を読んでいた土佐さんが心配そうな声をかける。

「はい」

「どうなったんだ？」

離れていてメールを読めないクレイブさんが苛立ったように訊くと、土佐さんが答えてくれた。

「湘南の別荘とやらにいるそうです。そこへ行くと言ってるんですよ」

クレイブさんは立ち上がり俺の横に立ってスマホの画面を覗き込んだ。

丁度地図が送られてきて、開いたところだった。

「湘南って言ったってはずれじゃねぇか」

近いところで響く彼の怒った声に身体が硬くなる。

「俺が一緒に行く」

「社長……、クレイブさんが？」

驚く土佐さんを彼はジロッと睨んだ。

「悪いか？」

「悪くはないですが……」

「車で行けばすぐだろう」

「車中でまた怒らないでくださいよ」

「わかってる。もうお仕置きは済んだ。もう怒らねぇよ」

お仕置き……。

彼のさっきの行為は『お仕置き』だったのか。

「花澤、近くまで行ったらまたメールするって返せ」

「……はい」

命令されるままに送信すると、『待ってるよ』と返された。

「図々しい男だな」

「図々しくなければあんなことはしねぇよ」

「ですね。ケンカしないでくださいよ。…と言っても無理かもしれませんが、手だけは出さないでくださいよ」

「出すか。暴力なんぞふるったら、こっちが悪者になる。それぐらいなら社会的に抹殺《まっさつ》する方法を選んでやる」

「……クレイブさん」

「花澤。すぐに出るぞ、支度しろ」

肩に手が置かれる。

意識せず身体が震えると、それを感じたのか手はすぐに離れた。

「土佐。後は頼んだぞ」

「弁護士はどうするんです?」

「こっちの話が決着してから、相談する。花澤が自分で収めたいというなら、納得行くまでさせてやるさ」

「わかりました。ああ、行くならメシを食ってった方がいいですよ。週末の湘南は混みますからね、三時間ぐらいかかりますよ」

「一時間ちょっとで着くだろう?」

「それが週末ってもんです」

二人の会話を聞きながら、俺は覚悟を決めた。

どのような結果になっても受け入れなければ。

黒木さんの裏切りも、クレイブさんとの決別も。

誰にも迷惑をかけないために、自分で答えを出さなければ、と思いながら……。


湘南は神奈川《かながわ》県にある海際の土地だ。

中国のある地形に似ているから同じような名前がついたと聞いたことがある。

東京からだと、出発点をどこに取るかによって変わるが、道が空《す》いていればクレイブさんが言ったように一時間程度で到着するだろう。

だが、身近な観光地ということもあって、週末には道が込み合う。

出掛けることを告げると、事務所の皆が早く出た方がいい、きっと混むからと言うくらい、それは周知の事実だった。

手塚さんが、一応見ておいた方がいいと言うので、ネットに上がっていた黒木さんの疑惑の絵を見た。

その中には、俺が初めて見せてもらったあのフライヤーの絵もあった。元の絵は、学生の絵で、中心にいる男性の裸体が女性の裸体になっていた。

黒木さんを信じたい気持ちが、どんどん消えてゆき、疑いが膨らむ。

クレイブさんの車に乗る時、彼は俺に後部座席に座るように言った。

「長くかかるらしいから、後ろで寝てろ。今、俺の隣に座りたくないだろう」

それが、彼が自分の行動を反省してか、俺が彼の隣に座れるような立場ではないと言ったのかはわからないが、言う通りにさせてもらった。

車に乗り、高速は使わず国道を通って進む。

車内は無言だった。

気まずさからか、彼が小さな音で音楽をかけてくれたので、目を閉じてそれに聞き入っている間に俺は眠ってしまった。

さざ波のように耳の底に響くクラシックの旋律は心地よくて、これからしなければならないことを考えると緊張どころではなかったが、眠りは深かった。

もしかしたら、セラピー音楽とかだったのかも。

クレイブさんはまだ怒っているだろうか？

俺をクビにするだろうか？

もしそうなったら自分はどうなってしまうのだろう。

仕事がなくなる、ということ以上に、『マーレ』を離れたくない。

クレイブさんのそばにいたい。

彼のそばにいると、不思議なほど安心できた。彼がそばにいてくれるなら、もう大丈夫だという気になった。

就職も決まらずふらふらしている俺を拾い上げてくれたからだろうか？

いや、違う。

何かもっと別の理由がある気がする。

もっと感覚的なことで、俺は彼を信頼している。

この人でなければダメだと思ってる。

きっと、俺はクレイブさんが好きなのだ。

でも『きっと』以上にそのことを考えてはいけない。本当にそうなのか、と自分に確かめてはいけない。

さっきのことでわかっただろう？

彼は俺を好きではない。むしろ今は呆れて怒っているだろう。

そんな彼を『好き』と気づいてしまったら、ただ傷つくだけだ。

俺は……、やっぱり人魚姫なのかな。

好きな人のそばにいて、ずっと一緒に過ごすことはできても、『好き』とは言えない。

そして結末は、目の前で自分の好きな人が他の人と結ばれるのを見るだけなのだ。

悲しい結末がわかっているなら、好きにならない方がいい。ただ信頼のできる部下でいる方がいい。

人魚姫の物語で、どうして彼女は人になる対価として声を失わなければならなかったのか、どうして口で伝えられないのなら手紙で伝えようとしなかったのかが不思議だった。

でもきっとあれは、言葉や文字ではなく、態度で真実の愛を勝ち取れという意味だったのだ。

そして俺にはそれができないから、彼女と同じ運命が待っているだけなのだ。

黒木さんに『好き』と言われて、浮かれていたけれど、俺は言葉ではなく彼の態度で、彼の本気を探すべきだった。

こうしてじっくり考えてみると、出会ったばかりで俺を好きだと言ったり、突然キスしたりしたのはおかしいことだった。

その時に、もっとちゃんと考えて、彼と話し合っていれば、違う結末が待っていたのかもしれない。

今からでも、黒木さんと会ったら話をしてみよう。

本当に俺が好きなのか、どうして好きになってくれたのか。

俺は……、あなたと恋はできないと思います、と。

だって俺の心の中には……。

「花澤」

ふいに声を掛けられ、ハッと目を覚ます。

「はい！」

慌てて身体を起こし、返事をする。

「そろそろ着く、黒木にメールしろ」

「はい」

「俺が来てることは言うな。お前一人で会いに来てることにするんだ」

「はい」

「ヤツの家の中には入らず、外で話をしようと言え」

「はい。どこかのお店に入っても……？」

「二人きりにならなければいい。お前はまだあいつを信用してるようだが、俺は信用できない。お前から搾取しようとしたヤツが、いい人間だなんてこれっぽっちも思えない。外なら、俺が必ずそばにいてやる。店に入っても、その辺をぶらぶらしてても。何かされたら大声を出せ」

「はい」

　もしかして、彼が怒っているのは俺ではなくて、黒木さんになのかな、と思ったけれど、彼が『したこと』を思い出して、そんな甘い考えは打ち消した。

『近くまで来ました。地図通りにこれから伺います』

　言われた通りメールを打ちながら外を見ると、俺が眠っている間に渋滞に捕まったのだろう。

　外はもう日が傾き、夕焼けが始まろうとしていた。

黒木さんの別荘は、別荘というより別宅と言った感じだった。

古い平屋の一軒家だったから。

玄関は引き戸、入口の横には大きなサーフボードが立て掛けてある。

俺が車から降りると、クレイブさんはもう一度「必ずそばにいるからな」と繰り返して走り去って行った。

どこか見えない場所に車を停めるつもりなのだろう。

一人になると、急に緊張したが、勇気を出してその家のブザーを押した。

どこか懐かしいようなブザーの音が外まで聞こえ、すぐに玄関先に黒木さんが姿を見せる。

「やあ、いらっしゃい。どうぞ」

いつものように、彼は笑顔を浮かべていた。

「どうしたの？　入っておいで。誰もいないから」

「いえ……。外で、歩きながら話をしませんか？」

彼の顔は一瞬曇ったが、すぐにまた笑顔に戻り、財布を持ってくるから待っているようにと中に消えた。

ドキドキする。

心臓が早鐘のように鳴っている。

「お待たせ。近くに防波堤《ぼうはてい》があるから、そこに行ってみようか。夕焼けが綺麗に見えるんだよ」

「はい」

彼は玄関にカギをかけ、隣に立った。

ゆっくりと歩きだし、人気のない道路を海に向かって歩く。

もう日が暮れるから、海から戻ってくる人とは一人すれ違ったが、海へ向かう人は誰もいなかった。

ゆっくりとした歩調。

肩が触れるほど近くを並んで歩く。

「急に会いたいなんて言ってくれたり、わざわざこんなところまで来てくれるって言ったから期待したんだけどな」

「期待……？」

「どうしても俺に会いたくなるほど、俺が好きになってくれたのかなって。でも、違うんだろう？」

「お話があって……」

「話って何？」

彼はズボンの腰に下げたシザーバックからタバコを取り出して咥えた。

「歩きタバコは……」

「ここは禁止区域じゃないし、灰皿は持ってるよ」

注意されたことにムッとしたのか、声が少し冷たい。

「いつもはここを向こうに曲がるんだ。浜があってね、そこでサーフィンをする。今度一緒にやろうか？」

けれどすぐにまた明るい声に戻って、指を差した方とは反対側に道を曲がった。

「俺はカナヅチだから……」

「ああ、以前そんなこと言ってたっけ。じゃ、温かいコーヒーでも飲んで待っててくれればいいさ」

「黒木さん」

「ほら、見えてきた。あそこが防波堤だよ」

坂道を下った先に、道路に沿って高いコンクリートの塀が見える。

「あそこの階段から上にあがれる。行こうか」

「……はい」

道を下り、道路を渡り、コンクリートの壁の上へ。

そのまま彼は歩き続けて外海へ突き出した堤防の突端まで進んだ。

「この辺りは車が少ないんですね。週末だから人も車ももっといっぱいいるのかと思ってました」

「江ノ島《えのしま》や由ヶ浜《ゆいがはま》辺りまでは凄いだろうね。まだ暴走族も出るらしいし。でもここいらは観光地じゃないから、そんなにはいないないな」

「そうなんですか」

「あっち側に漁港があるよ」

「へえ……」

風は強かった。

波は堤防に当たって砕け、荒れてるというほどではないが、波の音が大きい気がする。

海は、怖かった。

でも、逃げるわけにはいかない。

「それで？　わざわざこんなところまで来た理由は？」

「……銀座の、『エノン』という洋菓子店を知ってますか？」

その名前を出した途端、彼の顔が変わった。

「この間そこの仕事をしたよ。君、知ってるの？」

「今日、うちの事務所の人間が買ってきました。俺の絵に似たパッケージだったらかと言って」

「君、あの絵を誰にも見せてないと言ってたのに？」

お腹の底が冷たくなる。

彼は『あの絵』と言った。

つまり、あのお菓子の箱の絵が俺の絵だと認めているのだ。

「社長には、見せてました」

「嘘つきだなぁ」

「嘘つきだなんて……」

「言ったことと違うんなら、嘘だろう」

「そういう問題じゃないと思います。あれは……、あれはやっぱり俺の絵なんですね？」

彼は吸っていたタバコを海に投げ捨てた。

灰皿は持ってきてると言ったのに。

「参考にしただけだよ」

「でも……！」

「お互いリスペクトしようと言ったじゃないか」

彼が笑う。

そのセリフを口にした時から、こういうつもりだったのか。

「俺の絵だけじゃないでしょう？　他の人の絵も真似てらっしゃいますよね？」

「他の人？」

「俺にくれたフライヤー、美大の学生さんがそっくりなものを描いてましたよね？」

「あんな構図、どこにでもあるさ」

「他に、劇団のチラシとか」

「……調べたのかい？　わざわざ」

「会社の人がネットで調べたら、色々書かれてました」

「ネットかぁ……」

彼は空を仰いで笑った。

「面倒なもんだよね。どうして人の秘密を暴こうとするんだか」

「黒木さん」

「俺はね、絵が上手いんだ。美大でもいつもいい成績だった。ただ、大学を卒業して絵を仕事にすると、アイデアが浮かばないこともあった。時間をかければそんなことはないんだが、仕事には締め切りがあるだろう？　期日までに何でもいいから出さなければならない。悪いものでも出せばリテイクになって時間が稼げるけど何も出せなければそれで終わりになる」

黒木さんは沈んでゆく夕日を眺めながら語った。

「どうにも上がらないと思った時、その前に観に行った芝居のチラシが手元にあった。付き合いで行った芝居で、五十人ほどしか入らないような小屋でやったものだった。もらった仕事は高級ブティックの季節向けパンフだった。客層は被らない、季節ものならば世に広がる前に消えてゆく。バレる心配はない」

今回も季節限定の商品のパッケージだった。

だから俺の目に触れる前に消えてゆくと思ったのだろう。

「だから参考にしたんだ。そのままじゃなく、自分の絵にして出した。俺が描いた絵だ。君だって、写真や有名な画家の絵を下地にすることはあるだろう？」

「俺に近づいたのは……、俺の絵を利用するためですか？」

彼は振り向き、俺を見た。

「あの会場で、君が一番声がかけやすかった。俺が声をかけるとへどもどして、奥手なのがすぐにわかった。声をかけたら君は思った通りの子だった。自分に自信がなくて、でもキャリアはある。俺を褒めてくれて、柔順で扱いやすい。だから誘ったんだよ」

彼の言葉が、俺を傷つける。

「俺を好きだと言ったのは……」

「好きだよ。とても。君の絵は思っていた以上に使えそうだった。まだ名前が通ってるってほどでもなかったしね」

好かれている、と思っていたのに。

だから、何か間違いかもしれない、故意でしたわけではないかもしれないと希望を残していたのに。

「キスして、一発やっちゃえば言いなりになるだろうと思った。ただ、あんまりにもウブ過ぎて、強引に出ると面倒になりそうだから最後までしなかったけどね」

彼を愛していたわけではない。

でも好意が嘘だったという事実が悲しかった。

自分を好きになってくれる人などいないのだ、と言われたようで。

人は、こんなにも簡単に人を傷つけることができる。

信頼、という大切なものを簡単に崩してしまえる。

「今も、花澤くんのことは好きだよ」

「利用できるから、ですか？」

「そんな言い方は好きじゃないな。二人で組めばいい仕事ができる、だよ。君だって、俺の絵からインスパイアされればいい。何もかも他の人を参考にして描いてるわけじゃないからね、俺自身の作品だってある。それを……」

「俺はそんなことはしません。自分の心に響いたもの以外を描いても楽しくない」

「仕事は楽しみでするものじゃない」

「あなたは『絵を描く仕事』の仕事の方しか見てないけれど、俺は絵を描くことが先なんです。自分の心が感じたものを描きたいんです。そしてそれは俺だけのものです。もう……、もう、俺の絵を使わないでください」

「君の絵を使ったりしてないさ。参考にしただけだよ」

「参考にもしないでください。法的措置は取れないそうですが、これ以上続けるつもりなら、社長が弁護士を通じてこういう疑いがあるからと黒木さんの事務所に言いに行くと言ってました」

「弁護士？」

「でもこれで止めてくれるなら、そうしないように頼みます。あなたには……、お世話になったこともたくさんあるから。一緒にいて楽しい時間もあったから」

「弁護士は困るな。でも君の絵も捨て難い」

黒木さんは俺の腕を掴んだ。

「何を……」

「俺のものになっちゃいなよ。そうしたら可愛がってあげる。気持ちいいこともしてあげる。いっそ、今の事務所を辞めて、俺のアシスタントになればいい」

「そんなことしません！　離してください」

「また腰の抜けるようなキスをしてあげるよ」

「やめてください！」

黒木さんの顔が近づいてきたので、俺は思いきりその顔を叩いた。

「あなたのこと……、いい人だ思ってたのに」

信じてた自分が悔しくて、涙が出る。

「今はいい人じゃない、と思ってるわけか」

俺が叩いた頬を押さえていた彼の手が、再び俺に伸びる。

襲われる、と思って身を引いたが、手は俺を捕らえるためのものではなかった。

「少し痛い目をみないとダメみたいだね」

逃げた俺の身体に彼の手が押し当てられる。

腕を掴むのではなく、胸を押してくる。

「黒木さん……！」

「泳げないんだっけ？　大丈夫、俺が後で助けてあげるよ」

「止めて！」

強い力で身体が後ろへ押される。

「助けたら、家で温めてあげよう。逆らう気もなくなるぐらい、その身体を。大丈夫、俺は上手いから」

何とか踏ん張ろうとしたが無理だった。

足がシリジリと後ろへ向かう。

必死に彼の腕を掴んだけれど、にべもなく払い飛ばされる。

「ク……、クレイブさん！　クレイブさん！」

暗闇が下りてくる堤防の端、金色の頭が見えた。

真っすぐに走ってくる彼の姿が見えた。

「てめぇ！　何してる！」

彼の声も聞こえた。

「……あ！」

だが、黒木さんは声に振り向きながらもまるで見られたくないものを隠すように俺の身体を強く押し、俺は暗い海の中へ飛ばされた。

「花澤！」

冷たい水。

空には最後の夕焼けが朱《あか》い光を残していたが、水の中には届かなかった。

暗くて、足が着かなくて、パニックになる。

もがけばもがくほど、水を含んだ服が身体に絡み付き、浮かび上がることができない。

あの時と一緒だ。

どんなに手足を動かしても、沈んでゆく。

何とか一度浮かび上がったが、助けを求めるために開いた口には、声を上げる前に海水が流れ込んだ。

「……ぐ…がぁ……」

泡を含んだ音が絞り出されたが、そのまま再び水に引き込まれる。

死んでしまうかもしれない。

あの時もそう思った。

子供だったから、遊びに夢中で波打ち際からどんどん深いところへ行き、気づけば波に抗うこともできず、寄せた波に足を取られ、引く波に身体を持っていかれ、あっと言う間に全てが見えなくなった。

もがき疲れ、沈みながら見上げた水面の向こう、揺らぐ太陽が見えた。

だが今度は真っ暗で、どちらが上だか下だかもわからない。

今度こそ、俺は死ぬのだ。

人魚姫のように、海の泡になってしまうのだ。

その時、クレイブさんの顔が浮かんだ。

ああ……。

死んでしまうのなら、もう認めてもいいだろう。

閉じ込めていた心を開放してもいいだろう。

俺は……、ずっとあの人が好きだった。

目に見えない優しさにも気づいていた。

優しくして欲しかったのは、認めて欲しかったのは、黒木さんじゃない。クレイブさんだった。

でも彼は遠くて手が届かないから、最初から手を伸ばすことを諦めていた。

水面の向こう側の太陽。

彼の髪のように揺らめく金色の……。

『もう大丈夫だ』

声……。

延ばされる白い腕が俺を掴む。

『しっかりつかまってろ、暴れるな』

夢で見た。

溺れた時にクレイブさんが助けにきてくれた夢を。

上手く生きていけない日々から助けてくれたのは彼だ。

溺れた時に感じていた細い腕。

誰かが一緒に溺れていたのではないかと思って、その子供を見捨てたのではないかと思っていたが、あれもきっと幻想だったのだ。

俺はいつも夢を見ている。現実を受け入れる強さがなくて。

黒木さんを拒めなかったのも、俺の弱さだ。

全部俺が悪いのだ。

もがくことをやめ、俺は沈むに任せようと力を抜いた。

苦しくて、意識が遠のく。

その時、誰かが俺の身体を掴んだ。

俺を抱え、海上へと泳いでいく。

「花澤！」

うっすらと目を開けると、そこには金の髪の彼がいた。

「……クレイブさん…？」

「もう大丈夫だ。そのまま力を抜いてろ」

小さな子供の姿をしたクレイブさんが見える。

あの時……、あの時も、金色の髪の少年が俺を抱き上げた。

そうだ。

俺に助けを求めたのでも、一緒に溺れたのでもない。あの腕は、俺を助けてくれた腕だった。

太陽みたいにキラキラと濡れた髪を輝かせた子供が、俺を助けてくれたのだ。

「……離して」

でも俺はその少年に言ったのだ。

「『離して……、君まで溺れちゃう』」

「ばか！『また』そんなこと言いやがって」

『僕……泳ぐ。離していいよ……』」

そして自分から、少年を突き放して再び海中に沈んだのだ。

「今度は離すかよ」

あれは……。

あの時の少年は……、この人だったのか……。


夕日が落ちて真っ暗になった浜辺に、二人ずぶ濡れになって辿りつくと、俺は砂浜にひざを折って倒れ込み、咳き込みながら水を吐いた。

いつの間に脱げたのか、靴は片方なくなっていた。

「立て。まだ倒れるな」

涙目で見上げると、彼は濡れた髪を掻き上げ、辺りを見回していた。

やっぱりこの人だ。

俺は思い出した。

溺れている俺に近づいてきた少年は俺を抱えて泳ぎ出したが、小さな身体は波を何度もかぶっていた。

このままでは二人とも溺れる。そう思って俺は自分から離れたのだ。

子供を見捨てたのでも、見捨てられたのでもなかった。

しかも俺が浜辺に流れ着いていたということは、気を失った俺をあの時の少年、つまりこの人はずっと抱えて泳いでくれたのだ。

似ている誰か、じゃない。

さっきの『また』とか『今度は』という言葉が教えてくれる。彼がその少年で、彼はそのことを覚えているのだと。

「丁度いい。あそこにホテルがある。あそこまで歩くぞ」

暗い中、一際明るく輝くラブホテルのネオンサイン。

「立てないのか？」

「立ち……、ます……」

立ち上がろうとしたが、足が砂に取られて倒れてしまう。

クレイブさんは黙ってそんな俺の腕を取って肩を組むように支えながら歩きだした。

言いたいこと、言わなければならないこと、訊きたいことはいっぱいあった。

でもまだ頭の中がまとまらなくて、黙ったまま砂浜から道路に上がり、アスファルトに濡れた足跡を残しながらラブホテルへ進む。

この間黒木さんに連れて行かれたところよりももっと自分の中のイメージに近い、チープな感じのホテルは、週末とあって飾られているパネルのほとんどが使用中だった。

選ぶ余裕もなく、ボタンを押してカギを取り、そのまま部屋へ向かう。

ここまで歩いてくる間にだいぶ水は流れ落ち、したたるものはなくなったが、濡れた身体は急速に冷えていた。

夏まではあと少しだが、海水浴には早すぎた。

エレベーターに乗り、カギを使って部屋に入ると、そこは青い照明に照らされた、大きなベッドのある部屋だった。

海の中みたいだ。いや、多分そのつもりなのだろう、壁には魚のシルエットが描かれている。

「俺の趣味じゃねぇぞ。ここしか空いてなかったんだ」

彼は俺の腕を離し、クローゼットを開けてガウンを取り出すと、投げて寄越した。

「すぐに脱げ。今出せば朝までにはクリーニングしてくれるだろう。ついでに風呂に入って来い。震えてるぞ」

「はい……」

恥ずかしいとか言ってるゆとりはなかった。もう歯の根が合わなくて、ガチガチ言ってる。早く温まらないと。

「クレイブさんは……？」

「一緒に入っていいのか？」

からかうように言われて、俺は頷いた。

「……ばか、気にするな。俺は服のクリーニングを頼んでから入る。ポケットの中身を出して脱衣所に服だけ置いておけ。……この分じゃスマホも壊れただろうな」

頭を小突かれ、バスルームに追いやられる。

濡れた服は脱衣所で脱ぐのも一苦労だった。

それでも何とか裸になって温かいお湯に浸かると、やっと人心地がついた。

疲れて、腕を上げるのも億劫だったのに、温まるとそんなに疲れてもいない気がした。

手もちゃんと動く。

ゆっくり入っていたかったが、早くクレイブさんに譲ってあげないと、と思って出ると、既に服はなかった。

というか、下着もない。

取り敢えず渡されたバスローブを纏ってそっと部屋を覗くと、同じバスローブを着たクレイブさんが立っていた。

「お風呂、空きました」

「朝までに届けてくれるそうだ。今夜はここに泊まりだな」

「あの……、下着は？」

「あんな濡れたもん、穿《は》く気か？」

「でも……」

「洗面所に浸けてある。潮がついて洗わないと乾かしても穿けないからな。どけ、俺も入ってくる」

乱暴に俺を押しのけて、彼がバスルームに消えたので、脱衣所の洗面台のところに浸かっていた下着を洗った。

自分のと、彼のと。

セッケンで洗ったからゴワゴワになるだろうが、ないよりマシだ。

よく絞ってからハンガーにかけて干していると、クレイブさんはすぐに出てきた。

「腹は？」

「空いてないです」

「疲れただろ。ベッドは譲るから、お前そっちで寝ろ」

「クレイブさんは？」

「俺はこっちのソファでいい」

「だめです。クレイブさんがベッドで寝てください。俺のが小さいんですから、俺がソファで寝ます」

「お前のが疲れてるだろ。……まだ寝るには早い時間だから、少し話すか？　眠くなってからまた考えよう。何か温かいものでも……」

「俺が！」

俺は部屋に置いてある電気ポットのスイッチを入れ、ティーバックの日本茶を入れた。気が利かないな。

寒いんだから、パンツ洗うより温かい飲み物が先じゃないか。

「はい、どうぞ」

青いビニールのソファに腰掛けてるクレイブさんに湯飲みを差し出す。自分はどこへ座ろうかと見回してると、彼は少し詰めて隣を示した。

「ここへ座れ。もう何もしないから」

「……はい」

少し距離を置いて、彼の隣にちょこんと腰を下ろす。

口をつけたお茶は、温かかったが、味は薄かった。

「黒木さんは……？」

「あいつのことが心配か」

「そうじゃないです。ただ、どうなったのかと……」

「飛び込む前に蹴り落とした。サーファーなら泳げるだろう」

落としたと聞いて心配したが、まだ少し日は残っていたし、遊びに来て慣れてる海ならちゃんと岸まで泳ぎ着いただろう。

「あの……、すみませんでした」

「何が？」

「黒木さんのこと。やっぱり、俺を利用しようとしてたそうです」

「だから言っただろう」

「……はい。『好き』って言ってもらっただけで浮かれてて、恥ずかしいです」

彼は無言で俺の濡れた頭を撫でた。

「それから、子供の頃も」

「子供の頃？」

「さっき、溺れてて思い出したんです。俺、子供に助けられたって。あれは……、クレイブさんでしょう？」

「忘れた」

「でも『また』とか『今度』とか」

「忘れた」

恥ずかしいのか、まだ頭の上にあった手が、顔を背けたままグシャキグシャと髪をかき回す。

「どっちだって昔のことだ。関係ない」

一々言われたくないのかな……。

「でも、ありがとうございます」

「礼が聞きたいわけじゃない」

「でも……」

「いいから黙ってろ」

「じゃあ、あともう一つだけ」

「何だ？」

後ろを向いた金の髪。

届かなくても、手を伸ばしたい。

一度自覚した気持ちはもう押し殺すことができなかったから。

ダメなことはわかってる。

相手にされないこともわかってる。

それでも、俺が黒木さんのことを好きなのだと誤解されたくない。

もうクビかもしれないし、この人は別の人を愛するかもしれないけど、せめて気持ちだけは伝えたい。

「迷惑なのはわかってるんですけど……」

臆病で、何もかもから逃げていた。

本当のものを、何一つ見ようとしなかった。

だからこんなことになった。

やり直すことはできなくても、最後に一つくらいは勇気を出して向き合いたい。

「……俺、クレイブさんのことが好きです」

俺が言うと、彼はクルッと振り向いた。

その顔は初めて見る、驚いた表情だった。

「……どういう意味だ？」

目が丸くなって、ちょっと猫みたいだ。

「はい、あの……。凄く好きってことです」

「もう一声」

「も……、もう一声？」

「他に言い方があるだろう。ないのか？」

他に言い方……。

好き以外に『好き』を表す言葉……。

「あ……」

「『あ』？」

黒に近い青い瞳が真っすぐ俺を見る。

この目を見るたび、この目に見つけられるたびに『ぎゅっ』となったのは、恋に繋がるものだと思った。でも同時に、この目で最初に覗き込まれた時の、溺れて苦しんでいた時のことを思い出しかけていたのだろう。

「『あ』？」

「愛して……ます……？」

言ってから、恥ずかしくて耳まで熱くなる。

「疑問系か？」

「いえ、あの……、真剣に愛してます……。黒木さんのことがあって信じてもらえないとは思いますけど、ずっと手が届かない人だと思ってたから……」

「言った！」

「ごめんなさい……！」

彼の大きな声に身を縮める。

「言ったぞ！　俺の勝ちだ！」

「勝ち……？」

意味がわからず顔を上げると、クレイブさんは拳を高く上げてガッツポーズを取っていた。

何だろう……、まさか何か賭け事の対象とかにしてたんだろうか？　だとしたらつらいな。

「花澤」

彼は俺の両肩を掴んで顔を寄せてきた。

「はい」

「俺もお前が好きだ。お前を愛してる」

「……からかわないでください」

「からかってなんかいるもんか」

「だって、そんなこと今まで一度だって……」

「言えなかったんだ。契約で」

「契約……？」

「お前が俺を『愛してる』と言うまで、俺からはお前を『好きだ』とも『愛してる』とも言ってはいけない約束だったんだ」

「一体誰とそんな約束したっていうんです」

「海の魔女さ」

「海の魔女？」

彼はにやりと笑った。

「そう。人魚から人間にしてもらうためにな」

冗談にしか聞こえない言葉を口にして。


本当に真剣に告白した。

心臓はバクバクしてるし、手に汗もかいてるし、顔も首も真っ赤だった。

自分から誰かに『好き』だとか『愛してる』とか言うなんて、これが初めてで、きっと最後だろうと思った。

玉砕覚悟ではあったけれど、冗談で返されるなんて、思ってもみなかった。

泣きたいほど情けなく、怒りすら覚えた。

「酷い！　俺、本気で言ったのに！」

半べそで訴えると、彼は満面の笑顔を浮かべて俺を抱き締めた。

「最高だ。これでもう俺はずっと人間でいられる」

「クレイブさん！」

いくら好きな人に抱き締められても、こんなの嬉しくない。

「俺があなたを好きだって言うのはそんなにおかしいですか？　そんなに怒ってるんですか？　こんなに茶化して、バカにするほど」

抱き締める彼の腕を拒んで逃げようとしたが、彼は逃がしてくれなかった。

「嘘でも冗談でもない」

「だって、クレイブさん、人魚姫嫌いだって言ってたじゃないですか」

涙声で咎めても、腕は緩まない。

「人魚姫の物語は嫌いだ」

「じゃ……！」

「俺は物語とは違う。絶対に諦めたりしない」

「俺に、お仕置きしたじゃないですか」

「当然だ。俺がちょっと目を離したら、変な男に引っ掛かりやがって。俺はずっと契約のせいでお前に『好き』とも言えなくて悶々としてたのに、キスされただと？　そんなこと許せるもんか」

目を離す……、契約……。

確かにあの時そんな言葉を聞いた。でも、やっぱり信じられない。

「クレイブさんは戸籍《こせき》もあるでしょう？　車の免許だってあるじゃないですか。人魚だったらそんなもの持てないはずです」

「持てるさ。俺はハーフだから」

「ハーフ？」

「人魚と人間のハーフだ。生まれた時は人間だったから父親が戸籍を取ってくれたんだが、途中人魚っぽくなって、海で暮らしてた。その時に、溺れてるお前を見つけたんだ」

「さっきは知らないって……！」

「それも、お前が愛してると言うまで俺からは言えなかったんだ」

「そんなこと信じられません……」

「俺が人魚だと信じなくてもいい。だが俺がお前を好きだということは信じろ。お前に会うために、陸に上がってからずっとお前を探し続けてた。公園で会ったのも偶然じゃない。花澤があそこに来てることを知って、ずっと待ってたんだ。お前が絵を描いてると知って会社も立ち上げた。俺はお前ほど絵の才能がないから、同じ職場で働くためには社長になるのが手っ取り早いと思ったから」

前のアパートは、事務所からは遠かった。

だから引っ越してきたのだ。

その遠い場所で、彼は酔っていたわけでもないのに公園に横になっていた。

アートに心酔してるわけでもないのに、デザイン事務所を経営してる。

それは確かに彼の言葉を裏付けるけれど……。

「ずっと、お前だけだ」

まだ子供だったのに、溺れてる俺を助けられたのも、人魚なら説明がつくけれど……。

「信じられません……」

「だから……」

「クレイブさんが俺を好きだなんて、信じられません。俺みたいに、何のとりえも無い人間を、クレイブさんみたいなすてきな人が好きなんて。また……、間違いだったら嫌だ。黒木さんは一番じゃなかったから諦められるけど……、クレイブさんは一番だから……、騙されたら辛い……」

「あいつと比べるな。それなら信じさせてやる」

彼は俺の腕を取って引っ張ると、ベッドへ引き倒した。

バスローブの裾が乱れて、膝が出る。

「相思相愛なら文句はないだろう」

慌てて隠すと、その行為自体が妙に恥ずかしい。

「あ……愛がなくてもできることだって言ったじゃないですか。こんなことで証明になんてなりません」

「愛があればもっとやりたいんだよ！　どれだけ我慢したと思ってんだ。俺はお前と違って性欲はバッチリあるんだ」

「だって……」

「俺を信じろ」

狡い。

そう言われると『信じられない』とは言えない。

この人だけを信じてここまで来たのだから。

「何も信じなくていい。人魚の話も疑っていい。出会いの仕込みも疑っていい。ただ俺が今、お前を愛してることだけ信じろ」

その目で見つめられたら、動けなくなってしまうのに。

「もし……、もし裏切ったら……」

「お前に優しくはしてやれなかったが、一度でも裏切ったことがあったか？」

「……ない、です」

顔を突き出して、唇を当てる啄《ついば》むようなキスをされる。

得意げな彼の顔。

もう答えはわかってるくせに。

「抱いていいな？」

と訊かないで欲しい。

「俺……、初めてなんです……」

「でなきゃ困る」

「でも本気で……、俺なんかでよければ……」

「ああ。本気だ」

もう一度、顔が近づき、唇が重なる。

今度はすぐには離れず、そのまま舌が差し込まれる。

「言っとくがな、ファーストキスは俺だぞ。溺れたお前を浜辺に運んだ時、人工呼吸のつもりでキスしたんだから」

キスしながら語り、舌で俺の口を開く。

舌が入ってくるから、口を閉じるわけにはいかず開けた口の中から舌が吸い出される。

もっと深く、もっと深くと舌が迫るから、身体はベッドの上に仰向けに押し倒された。

クレイブさんはそんな俺を見下ろして微笑った。

「どうして、俺なんかを好きになったんです？」

それだけは訊きたくて問いかけると、彼は俺のバスローブに手を掛けながら答えた。

「お前を助けたのは親切心だ。子供が死ぬのは可哀想だし、俺なら助けられると思ったから。だがお前は小さな手で、死にそうになりながら俺を突き放した。俺が溺れてしまうと泣きながら。その時に惚《ほ》れた」

紐《ひも》が解かれ、前を開けようとする。

下着をつけていないことを思い出して前を押さえたが、胸は露わになった。

「健気で、可愛いと思った。どうしてもお前が欲しくなって、陸に上がることを決めた。人として生きることを決めてから、一度は後悔した。もしも花澤が見つからなかったら、見つけても変わっていたらどうしようかと。それでも、一度会ってみようと思った」

覆いかぶさってくるから、またキスされるのだと思った。だが唇は顔ではなく胸に下り、舌が胸を濡らした。

「……う」

「公園で、俺を怖がりながら声をかけてくるぐらいには優しさが残ってることに安堵して、お前の絵を見て、お前の中身が変わってないことを確信した」

「絵で……？」

「物を形でとらえるのではなく、感性で描いてる。美しいものを美しいと、他人の言葉ではなく自分の気持ちのままに描いてる。それが、花澤の今の姿だ思って、会社に誘った」

絵が気持ちを語ると、信じていた。

言葉が苦手でも、絵にそれを描くことができると。

この人は、それをちゃんと感じてくれていたのだ。

「一緒に働いて、やっぱり俺の選択は正しかったと確信した」

胸を吸われ、ピクリと身体が震える。

前を押さえていた手が浮くと、それを見逃さず、バスローブが引っ張られ、前がはだける。

「あ」

バスローブの中に手が滑り込み、腰骨を撫でた。

「お前は『なんか』じゃねぇよ。唯一無二《ゆいいつむに》だ。お前だから欲しいんだ」

「でも逃げてばっかりで……」

「後ずさりはしてると思うが、背中を向けたとは思ってない。今回だって、あのバカに自分から確認しに行っただろ？」

「それは自分が悪いから……」

「ほらみろ、逃げてないじゃないか」

胸の奥が熱くなる。

快感とかそういうのではなく、この人が本当に俺を見ていてくれたんだという喜びで。

「花澤はそのままでいい。何でも率先してやって、口を挟んでくるようなヤツは好きじゃない。いつも綺麗なものを綺麗だと感じる心を持ってればいい。変わらずその気持ちを絵に映していればいい。面倒なことは俺が引き受けるから」

もしかして、ずっと、絵を見せろと言っていたのは、それを確認するためだったのだろうか？

「もういいだろ。いい加減喋るより抱かせろ」

腰にあった手が、するりと股間へ動く。

「あ」

脚の付け根にそって内股に滑り込む。

言葉を放棄した唇は胸から腹に下がり、下を咥えた。

「や……。だめ、またすぐに……」

「イッていい。今度はイッたぐらいじゃ終わらせないから」

熱が俺のモノを包む。

前と違うのは、彼の濡れた髪が腹に当たることと、ただ咥えるだけでなく、指が同時に愛撫を加えてくること。

濡れた髪は冷えて、零れて腹に当たるたび、冷たさに身を竦める。

けれどそれもすぐに俺の体温と同じになり、何も感じなくなった。

与えられる愛撫に、身体の中から熱が湧く。

自分がガス灯になったようだ。

ただの鉄の柱だったものに、火が灯され、温かい光を放つように。

暗いと思っていた自分に、彼が役割を与えてくれる。

このままでいいって。

臆病者じゃないって。

けれど、仄《ほの》かだった焔《ほのお》は、やがてこの身に移って全身が燃え上がる。

「あ……」

溺れる。

水にじゃなく、炎に。

「や……、クレイブさん……っ」

「イクか？」

恥ずかしくて答えられないから、顔を覆って何度も頷いた。

「じゃ、ちょっと我慢するか」

彼が口を離すと、さっきまで熱く濡れていた場所は、ひやりと温度が下がる。

彼がベッドからおりて、ごそごそと動き出す。

顔を覆った指の隙間からそっと覗くと、枕元にある何かを手に取り、封を切っているのが見えた。

それを自分の硬くなったモノに装着している。

他人がコンドームを付けるところなど初めて見た。

薄い皮膜を纏った彼自身が、羽織ったバスローブの間から見える。

それだけでまた身体が熱くなった。

膝から乗り上げ、彼がベッドに戻る。

バスローブを脱ぎ捨て、全裸になる。

思っていたよりもずっと筋肉質な身体が近づくと、心臓の音がうるさくなる。

「いいな？」

手が身体に触れる。

「嫌だと言ってもするけどな」

殻を剥くように、彼の手が優しく俺からもバスローブを剥ぎ取った。

「好きだ」

愛おしそうに肌を撫でる手。

「愛してる」

真っすぐに見つめる目。

「もう何度でも言える」

身体がぎゅっとなって、皮膚がビリビリと痺れる。

いつもはここで目を逸らしてしまうのだけれど、今日はそのまま彼を見つめ返した。

黒い瞳が青く光る。

ビリビリとした肌に鳥肌が立ち、何もしていないのに硬くなってくる。

「後ろ向いて」

「……え？」

「入れるから」

「無理です」

「いいからうつ伏せになれ。……こっちだって、行儀よくしてるのに限界があるんだ。我慢できなくなったら手加減もしてやれないだろ」

「でも……」

絶対無理だと思うのに、彼に肩を掴まれ、うつ伏せにされてしまう。

視界から、彼の姿が消える。

けれど指は身体に触れたままだった。

脇腹から下半身へ。

お尻を撫でられ、ビクッと震える。

見られていると思うと恥ずかしさから身体が熱くなる。

「肌が赤く染まってる」

なんて言われると、余計に恥ずかしくなった。

「……っ」

指が穴にたどり着く。

「風呂に入ったから、まだ柔らかいな」

入れるわけではないけれど、そこをぐねぐねと弄る。

前には触ってもらえないけど、クレイブさんが見てる、触ってる、と思うだけでも感じてしまう。

それがまた恥ずかしい。

普通の人なら、きっとこの程度『くすぐったい』で終わるんだろう。でも俺は初めてだから、相手が彼だから、指一本で気持ちがよくなってしまう。

「……ふ……っ」

つぷっ、と指先が中に入った。

思わず背を反らせて伸び上がる。

「猫みたいだな」

また少し奥へ入る。

「や……」

きゅっと締めつけると、そこに指があるのだと実感してしまう。

「う……」

「会社では、焦ってた。お前が他の男と寝る前に、触れたかった。だが今度はゆっくりしてやる。できる限りな」

一度指が引き抜かれ、再び入ってくる。

今度は濡れた感触で。

また引き抜かれ、周囲を弄られる。

繰り返されているうちに身体がおかしくなってきた。

もっと、はっきりとした刺激が欲しい。

そんなとこだけじゃなくて、もっと触って欲しい。

でも恥ずかしくて言えない。

「ん……っ、う……」

また指が引き抜かれると、今度はクレイブさんの身体が触れた。

「あ……」

寄り添われて、上から重なられる。

手は胸に伸び、先を摘まんだ。

「あ」

下に、彼のモノが当たる。

肌とは違う触感だから、それがゴムを纏ったモノだとすぐにわかった。

硬くて棒状で、彼が動くたびに俺に擦り付けられる。

「ん……、あ……っ、あ……っ」

胸から広がる甘い疼きに、快感が溢れる。

「クレイブさ……。あ……」

最初は腕で身体を支えていたが、だんだん力が抜けて頭が下がる。でも脚は膝が支えているし、彼がぴったりと寄り添っているから膝を折って腰を落とすことができない。

結果、尻を高く上げたような格好のまま、ずっと胸をいたぶられ続けた。

摘まんで、捻って、回されて、揉まれて。

乳首の先だけをずっと弄ばれる。

「あ……っ、もう……っ。ん……。やぁ……」

口はだらしなく開き、呼吸が荒くなる。気を付けていないと唾液が零れてしまいそうだ。

「クレイブさん……っ、クレイブさん……」

「色っぽい声出すな。我慢できなくなるって言ってるだろ」

「いいです……。我慢しなくても……。俺が我慢できなくて……」

「花澤？」

「もう……イク……。だめ……」

「ばか、まだイクな」

「無理……。頭が……」

「チッ……」

舌打ちすると、彼は胸から手を離した。

右の手が腰を支える。

さっき指で弄られていた場所に何かが当たる。

「力を抜け」

言われた通りにしようと思ったが、肩の力を抜くと、そこが窄《すぼ》まってしまう。

身体がコントロールできなくて、呼吸をするたび、そこが閉じたり開いたりを勝手に繰り返す。

「しょうがねえな。じゃあ下っ腹に力を入れろ」

それはできる気がした。

息を止め、下腹に力を入れる。でも、長く息を止めていることができなくて、溜めた息を吐き出した瞬間、当たっていたものが中に入ってきた。

「あ、あ、あぁぁ……」

肉が捲れる。

俺が締め付けると動きが止まり、また緩めると中へ進む。

背後からは、時間をかけてゆっくりと中へ進む彼の息遣いが聞こえた。

同じ早さで聞こえてくるそれは、切ないほどの快感を受け取っているのは彼も一緒なのだと思わせた。

「もうダメだ……」

クレイブさんがそう言うと、グッと貫かれた。

「あ……ッ!」

痛みもあったけれど、それよりも奥を突かれた違和感に声が上がる。

「やぁ……、あ……」

前が握られ、何度も何度も腰を打ち付けられ、何もわからなくなってくる。

色んなことが頭の中を巡った。

色んな人の顔が、浮かんでは消えた。

小さな、記憶の奥底で眠っていたクレイブさん、土佐さん、黒木さん、会社の人々、離れて暮らす両親。学生時代の友人達。

でもそれらを押し流すようにクレイブさんの顔が浮かぶ。

「顔……」

「何だ？」

「……見たい。あなたの……」

「無理だ、もう抜けない。二度目は前からしてやる」

二度目？

ああもうどうでもいい。

二度でも、三度でも。

クレイブさんにならずっと抱かれ続けたい。

背後から伸びた手が、縮こまった身体の下に隠れた俺の手を取り、強く握った。顔が見れない代わりに、というように。

「あ……ん…っ。やぁ……、いい……っ。出る……」

あられもない声を上げながら、俺は彼の手を握り返した。

これは恋人同士の行為だから、いくら求めても恥ずかしいことじゃないはずだ。

「好き、クレイブさん……、もっと…」

「言われなくても」

愛し合う二人が繋がり、快感に溺れるのは、当然のことなのだから。

「あぁ……っ！」


海でお姫様を助けた人魚の王子は、お姫様と結婚するために海の魔女のところへ行きました。

王子は、自分は半分は人間だ。人魚の母と人間の父が愛し合ってできた子供だ。だから魔法をかけることは容易だろう、と。

すると魔女は言いました。

確かに、魔法は半分で済むだろう。だからお前の声を全て奪うことはしない。ただ、一番愛する人に向ける『愛している』という言葉だけを奪うことにしよう。

自分からは決して姫に愛していると言ってはいけない。

何も言わずにお前は姫の愛を得るのだ。

もしできなければお前は二度と海から上がることはできず、一生海の底で暮らすのだ。

王子は簡単なことだと思いました。

だから契約をし、人となって海から上がったのです。

王子の父は、彼に人としての居場所と名前をくれました。

人の中でも大層なお金持ちだった王子の父は、息子と共に暮らすことを願っていたので、彼が陸に上がってくれたことを喜び、その選択をさせてくれた姫を探す手伝いもしてくれました。

名前も知らぬ姫を見つけることは大変でしたが、王子はついに姫を見つけました。

姫を自分の手元に呼び寄せ、純真な姫が自分を求めてくれるよう努力したのですが、なかなか上手く行きません。

そうこうしている間に、人間の男が姫に近づきます。

王子は『愛している』と言えないことを恨みました。

もしその言葉が口にできたのなら、毎日、一日中囁いて気持ちを伝えるのに。

しかもその男は姫に何度も王子の言えぬ言葉を口にし、ついには姫の唇をも奪ってしまいます。

けれどその男の望みは姫ではなく、姫の持つ宝だったのです。

それを知った王子は男を成敗し、姫を助けました。

すると、姫はずっと自分を見守ってくれていた王子の愛に気づき、『あなたこそ私の愛する人』という言葉をくれたのです。

その途端、王子の魔女との契約が終わりました。

姫よ、私もずっとあなたのことを愛していた。

私は人魚の国の王子なのだ。お前を助けたあの日から、ずっとお前だけを愛し続けていたのだ。

そして真実の愛を交わした二人は、人間の国で末長く暮らしました。

ずっと、ずっと、ずっと……。


「陳腐《ちんぷ》です」

読み終えた手塚さんは、その原稿をクレイブさんに突き返した。

「社長が人魚姫を嫌いだってのはよくわかりました。でも、だからって、姫を王子にしたり、姫の身代わりになった結婚相手を悪者にしたりなんて、陳腐ですよ」

「何が陳腐だ。いい話じゃないか」

クレイブさんは厳しい意見にブスッとして口を尖らせた。

「しかも最後は、そして幸せに暮らしましたオチでしょう？　そんなのつまんないですよ。俺はね、人魚姫は悲恋だからこそ名作と言われてるんだと思ってます。アメリカご都合主義で、最後は全部ハッピーエンドなんてのは、現実的じゃありません。世の中、悲恋も失恋もあるんですから」

「現実にだってハッピーエンドはあるだろう」

「それこそ、人魚姫でやらなくてもいいくらいに、物語でもいっぱいありますよ。とにかく、俺はこれは売れないと思います。たとえ俺の萌え絵が付いても」

それだけ言うと、手塚さんは自分の席に戻った。

「チェッ、いいじゃないか。ハッピーエンドで」

中身を確かめるようにクレイブさんはばらばらと原稿を捲った。

「本気でやりたいなら、リテイクしたらどうです？」

土佐さんの言葉にクレイブさんは終《つい》に原稿を丸めてゴミ箱へ突っ込んだ。

「いい。自己満足だ。とにかく人魚姫の鼻を明かしてやりたかったたけだから」

クレイブさんから聞いたのだけれど、土佐さんはクレイブさんが俺を好きだということには気づいていたらしい。

ただ彼が人魚のハーフだということは知らないらしいが。

だから、土佐さんは最初から黒木さんのことに反対し、男がいいなら俺やクレイブさんはどうだ、と彼の名前を出したのだろう。

その黒木さんは、勤めていたデザイン事務所を辞めた。

三枝出版の仕事も、下ろされてしまった。

堤防から蹴落とされた彼は、ちゃんと泳ぎ帰ったようだが、きっとあの別荘も手放すことになるだろう。

怒りがおさまらないクレイブさんが、弁護士を立て、更に手塚さんが調べたパクられた人々に声をかけ、集団で事務所に意見書を出したのだ。

法的に犯罪を立証することはできなくても、これだけ数が揃えば民事で慰謝料請求の裁判を起こしてもいい。そうなれば、結果負けても、事務所の名前は地に落ちるだろう。

見逃して欲しければ、黒木を追い出せと持ちかけたのだ。

事務所の選択は決まっていた。

ついでだからと、事の顛末《てんまつ》を個人名だけで名だたるデザイン事務所に送付したそうなので、彼の再就職も難しいだろう。

ただ、こんなものは人の噂程度だから、もし本人にやる気があるのなら、帰って来られるはずだ、とも言っていた。

「あー、つまんない。コーヒー飲みに行ってくる。土佐、何かあったら呼べ」

「はい、はい」

クレイブさんは立ち上がり、オフィスから出て行こうとしたが、戸口のところで足を止めた。

「おい、花澤。奢ってやるから付き合え」

「はい」

そういえば、彼が『不味いからやる』と言ってくれていたお菓子は、やっぱり『美味しいからやる』という贈り物だった。

俺にプレゼントを贈るのが恥ずかしいからぶっきらぼうだったわけではなく、俺だけに色々あげてると、皆にも悪いし、俺がいつか気にするようになるだろうから、という気遣いだった。

「下のカフェですか？」

駆け寄って、彼の傍らに立ち、その顔を見上げる。

もう、彼の青みがかった黒い瞳で緊張することはなかった。

その目は、俺を幸せな気持ちにしてくれるから、いつまでも見ていられる。

「下なんか行くか」

「どうしてです？　下のカフェ、好きでしょう？」

「あそこだとお前にキスができない」

「そんなの、どこでだってダメですよ……！」

彼は俺の腰に腕を回しグイッと引き寄せた。

「上のカフェでだったらいいだろう？」

「上のカフェ？」

「俺の部屋だ」

クレイブさんはにやっと笑った。

「ココアでもカフェオレでも何でも淹れてやる。代金はキスでいい」

「奢るって言ったじゃないですか」

「だから、俺がお前にするんだ。お前が俺にじゃない」

「……理屈がわかりません。でも、どちらでもいいです。俺もクレイブさんとキスするのは嫌じゃないですから」

「嫌じゃない？」

「……好きですから」

「よし」

子供みたいに頷いて、彼は俺の腰を抱いたまま、三階への階段を上った。

「俺、さっきのお話いいと思いますよ。……リアルだとは思ってませんけど」

「言ってろ」

もうその途中で俺にキスして。

■あとがき■

皆様初めまして、もしくはお久しぶりでございます。火崎勇です。

このたびは『俺様人魚姫』をお手に取っていただき、ありがとうございます。

イラストのれの子様、素敵なイラストありがとうございます。そして担当のH様、色々ありがとうございます。

ここからはネタバレがありますので、嫌な方は後回しにしてください。

……と言っても、タイトル自体がネタバレなのですが。(笑)

クレイブは、人魚と人間のハーフです。母親が人魚で、父親が人間。

海辺の別荘に来ている時に、大金持ちのお父さんが人魚と恋に落ちて、生まれたのがクレイブでした。

人間のように　脚があったけれど、実は子供の頃には首にエラがあった。なので、海辺の別荘でそっと育てていたのですが、花澤と出会ったクレイブは母親に人間になりたいと訴えたのです。

そして母親に海の魔女のことを教えられ、単身会いに行って、見事人間に。

いや、ファンタジーなので、色々突っ込みどころはあるでしょうが、『そうか』と思っておいてください。(笑)

さて、これからの二人はどうなるのでしょうか?

花澤は、クレイブのヒイキで仕事をもらっていたのではなく、ちゃんと才能もあるのです。そしてクレイブも、彼のために立ち上げた会社ではありますが、経営手腕はあるので、仕事は普通に順調。

日常生活としては、今まで『愛してる』と言えなかった分、クレイブは花澤に『愛してる』を連発し。我慢していた分、彼を愛するでしょう。

花澤は奥手だし、ちょっと意志薄弱なところがあるので、彼に翻弄されっぱなし。

まずは同居を命じられ、彼の部屋へ引っ越し。

朝から晩まで甘い生活です。

でも、それでは面白くないので、ちょっとした波乱もあるといいかも。

たとえば、クレイブ狙いの女性が現れて……、いや、でもクレイブは『近寄るな、ブス』とか言いそう。

では、既にクレイブと親しくなっている友人が現れて、花澤に『君は彼に相応しくない』とか『憧れるのはわかるけれど、つきまとうのはやめなさい』とか言ったら?

花澤は気が弱いので、『そうかも』と思ってしまいそうです。

自分なんかそばにいない方がいいんだ、と思って姿を消してしまうかも。

でも、もちろんクレイブは彼を探します。友人が、『彼は君を好きじゃなかったんだよ。、一時の気の迷いだったんじゃないか？』と言っても、『あいつはそうなったらちゃんと俺に言う。何も言わずに消えるのは、俺のためだ。だとしたら追う』と言って。

自分が溺れるよりも助けに来たクレイブのことを心配して手を離した花澤が好きになったのだから、よくわかってるんです。

心に決めたことならば、黒木の時のようにちゃんと本人に直接告げる、ということも。

なので、めでたく彼を見つけたあかつきには、花澤が死んじゃうって思うくらい甘くて酷いことをして『もう二度と逃げるなよ』と言うでしょう。

あ、友人とはもう絶交です。クレイブは何より花澤が一番なので。

でも、あのクレイブが泣いて『俺を捨てないでくれ』という姿も見てみたいかも……。

ちなみに、彼は今も泳ぎはとても上手いので、いつか花澤を連れて海に行き、彼のカナヅチを治してやるでしょう。

それでは時間となりました。またの会う日を楽しみに、皆様御機嫌好う。

初出
「俺様人魚姫」書き下ろし

CHOCOLAT BUNKO

この本を読んでのご意見、ご感想をお寄せ下さい。
作者への手紙もお待ちしております。

あて先
〒171-0014東京都豊島区池袋2-41-6
第一シャンボールビル 7階
(株)心交社 ショコラ編集部

俺様人魚姫

2016年6月20日 第1刷

著 者:火崎 勇
発行者:林 高弘
発行所:株式会社 心交社
〒171-0014 東京都豊島区池袋2-41-6
第一シャンボールビル 7階
(編集)03-3980-6337 (営業)03-3959-6169
http://www.chocolat_novels.com/
印刷所:図書印刷 株式会社

好評発売中！

この家の屋根裏には、大きな美しい猫がいる。

屋根裏の猫

火崎　勇　イラスト・海老原由里

入院した祖父の家で留守を預かることになった霧島慶太。ある夜、物音で目を覚ました慶太が屋根裏部屋を覗くと、そこには金の髪に素晴らしい美貌の外国人の男が。驚く慶太に男は、自分は昔この家で飼われていた猫のベルナーで、恩返しも兼ねて時々遊びに来ているのだと言い…。

「番」か、いい言葉だね。恋人とか夫婦よりずっといい。

慈しむ獣　愛す男

火崎　勇　イラスト・兼守美行

両親を亡くし父の知り合いの神代に引き取られた広夢だが、無口な神代は子供の広夢には恐ろしく、心を開けないでいた。そんなある日、広夢は古い蔵の中で守り神だという狼・クラと出会う。クラは幼い広夢の話を聞いてくれ、以来広夢にとってかけがえのない存在となり…。

CHOCOLAT BUNKO

好評発売中！

汚してはいけない花ほど甘く獣を惹きつける。

花喰いの獣1～2

火崎 勇　イラスト・亜樹良のりかず

組の解散を機にラーメン屋の店主となった篠塚を悩ませる幻像は、精神科医・多和田の淫らな姿だった。元極道の自分とは住む世界の違う清廉な多和田を汚すわけにはいかない…そう思い距離を置こうとするが、押し込もうとすればするほど、己れの中の獣が目覚めようとし――。

入ってくる――彼だけが俺の中に。

ただ一人の男1～5

火崎 勇　イラスト・亜樹良のりかず

幼い頃のトラウマで、人間を『もの』としか見られない如月巳波。同居する元極道で今は不動産会社社長の尾崎一雅は男女構わずベッドに連れ込むような男だが如月にセックスを求めることはなく、如月も同居人以上の関係になるつもりはなかったのだが…。大好評シリーズ。